メンヘラ悪役令嬢ルートを回避しようとしたら、なぜか王子が溺愛してくるんですけど

～ちょっ、王子は聖女と仲良くやってな！～

Characters
レインハルト
バトラー国の王太子。
一度目の世界では婚約者である
レイテシアを毛嫌いしていたが、
逆行後の世界ではやけに
彼女に近づいてくる。
レイテシア
ローレンス侯爵の養女。
婚約者であるレインハルトを
偏執的に愛していたが、
聖女・エミーリアに嵌められ、
非業の死を遂げる。――と思ったら、
逆行して、幼児からやり直すことに。
二度目の人生はメンヘラを封印し、
健全に生きようと決意する。

カイロス
ローレンス侯爵家の当主。
常に険しい顔をしている。
ハロルド
ローレンス侯爵家の長男で、
レイテシアの義兄。
ロン
発明家の卵。
逆行後のレイテシアの親友。
エミーリア
バトラー国の聖女。
美しく、穢れのない
印象を与えるが……

プロローグ　婚約破棄は突然に

きらびやかなシャンデリアの輝きが、大理石の床に反射してまぶしい。王家主催の舞踏会というだけあって、華やかに着飾った貴族たちが集まっている。

「レイテシア・ローレンス!!」

張りのある大きな声で私の名を呼んだのは、レインハルト・バトラー。彼はこのバトラー国の王太子だ。そして私が愛してやまない人。

レインハルトは赤い目をゆがめ、私に侮蔑《ぶべつ》の視線を投げると、形のよい唇を開いた。

「お前との婚約を破棄させてもらう!!」

えっ……!!　嘘でしょ!?　まさか本気なの!?

「い、いったいどうしてですか!?」

信じたくない、誰か私の聞き間違えだと言って!!

すがるような眼差しを彼に送るが、返ってくるのは冷ややかな視線のみ。レインハルトはうんざりした様子でため息をつくと、束ねた封筒を床に叩きつけた。

「こんな手紙、毎日受け取る身になってみろ!!」

「あっ、これは……」

震える手を伸ばし、叩きつけられた封筒をギュッとつかんだ。見覚えのあるそれは、すべて私が彼に出したもの。

「ひどい……!! 婚約者に手紙を送ってなにが悪いのですか!?」

そうよ、婚約者なら手紙の交換など、当たり前でしょう!!

そう思いながら顔を上げると、レインハルトはビシッと指を私に突きつけた。

「いつも同じ内容じゃないか!! 『大好きで頭がおかしくなりそう、あなただけを見ていることを忘れないで、他の女性といたら嫉妬《しっと》で身が焼けそう、楽しそうに話す女性に呪いをかけたい』など、読んでいるだけで気が滅入《めい》る!!」

「私の素直な思いを綴《つづ》っただけです!!」

迷惑そうに言われるのは心外だ。だが、レインハルトは握りしめた手をプルプルと震わせている。

「それを日に、二通も三通も受け取ってみろ!! こっちの頭がおかしくなる!!」

レインハルトが頭をかきむしる。

「手紙を無視していたある日、起きたら枕元に手紙が直接置かれていた。思わず、悲鳴を上げて飛び起きたぞ! いまだ夢に出るほどだ!!」

「レインハルト様が返事をくださらないし、私のことを避けるので、会いに行ったまでですわ!!」

「ど、どうやって忍び込んだ、寝室に!!」

「簡単ですわ。使用人を買収したのです」

種明かしをすると、レインハルトの顔が強張《こわば》る。私の愛に感動しているのかしら。

「大変、可愛らしい寝顔でした。しばらく眺めていても全然起きないのですから」

「だ、黙れ!! お前の行動すべて、恐怖を感じる!!」

レインハルトは再度ビシッと指を私に突きつけた。

「もう限界だ。婚約破棄する!!」

本気……なの……?

急に恐怖に駆られた。これまでのやりとりが、突然現実味を帯びてくる。

広間に集まった人々が遠巻きに私を見ている。声をひそめながらも、興味と同情の入りまじった
その視線は、悪意に満ちている。

レインハルトが顎《あご》をクイッと上げるのを合図に、王宮警備隊が広間に踏み入ってきた。

「拘束しろ」

レインハルトの冷たい声に衝撃が走る。全身がガクガクと震え、その場に崩れ落ちた。

「嫌です!!」

ずっと好きだった、私のすべてをかけてもいいと思うぐらい恋い焦《こ》がれていた。

そんな彼に公衆の面前で婚約破棄を告げられ拘束されるだなんて、これは悪夢に違いない。

それに、どうして拘束までされようとしているの!?

涙がポロポロと流れて止まらない。ぐしゃぐしゃになった顔で彼を見つめる。

どうか思い直して……!!

私の願いもむなしく、警備隊は私を拘束しようと手を伸ばす。

「無礼者!! 触らないで!! どうして私が拘束されるの!?」

私は必死で抗《あらが》い、手を叩きつけた。だが、レインハルトの表情は冷たい。

「意のままにならぬ俺を、殺《あや》めようとしたのだろう」

「そんなことしていません!!」

首を必死に横に振り、彼の言葉を否定する。

大好きなあなたを殺したいなんて思ったことはない。

そりゃ、彼に群がる女性のことはまとめて排除してやりたいと思っていたけど。

すると、彼は白い布の袋を投げつけてきた。

「中を見てみろ」

手を震わせながら袋を開けると、私が作った塗り薬の瓶が入っていた。

どこもおかしいところは見当たらない。蓋を開けると、ツンとした香りが鼻につく。

「これは……ザイラムの葉の匂い」

「やはり、知っていてザイラムの葉を混ぜた薬を俺に渡したのか。これは毒薬だ」

「違います!!」

私が渡したのはロークの葉で作った塗り薬。ザイラムと葉の形状は似ているけれど、薬草に詳しい私が間違うはずがない。

剣の稽古《けいこ》の時、万が一でもレインハルトが怪我をしてはいけないと思い、心配して渡した傷薬だった。

なぜ、こんなことになっているの？　まさか、どこかで薬が入れ替わった……？

「レインハルト様」

その時、彼の背後からスッと姿を現した女性、エミーリア・パジェット。

流れるような蜂蜜色の髪に新緑色の瞳。人目を惹《ひ》く整った顔立ちのエミーリアは、癒《い》やしの力を持つ。この国では聖女と呼ばれ、人々から崇《あが》められている存在だ。

だが、私は彼女のことが大嫌い。この世から抹殺《まっさつ》したい女性、ナンバーワン!!

私はエミーリアを鋭い視線でにらみつけた。

「どうしてあんたがここにいるのよ、エミーリア!!」

するとエミーリアは眉をひそめ、悲しげに目を伏せた。

あんたのその態度は、周りの同情を引くための演技だって、全部知っているんだから!!

だがレインハルトはエミーリアに気遣うような視線を向け、その肩をそっと抱き寄せた。

「黙れ、レイテシア」

底冷えするようなレインハルトの声。そして冷たい視線。

その時、前のめりになった私を警備隊が拘束した。

悔しさと混乱、そして恐怖で唇を噛みしめる。違う、違うの。なにかの間違いなの。

声を出したくとも極度の緊張からか、ヒューヒューと音を立て息を出すことしかできない。

「これが毒だとエミーリアが指摘してくれなかったら、俺はどうなっていたか……」

熱のこもった瞳をエミーリアに向けたレインハルトは、彼女を抱く腕にギュッと力を込めた。

エミーリアが嬉しそうな表情をレインハルトに向ける。

そして私にチラと視線を向け、一瞬だけ意地悪く目をゆがめた。

その時、気づいた。

これはすべてエミーリアがたくらんだことだと――

「……っ!! あんたが仕組んだのね!!」

瞬時に頭に血がのぼり、彼女につかみかかろうとした。だが警備隊に押さえ込まれ、床に這《は》いつくばる羽目になる。どんなに暴れようとも警備隊はびくともしなかった。

「連れていけ」

「はっ」

レインハルトが命令を下すと、警備隊が私を無理やり立たせる。

「離しなさいよ!! エミーリアに話があるんだから!! 私じゃない、全部エミーリアが仕組んだことなのよ!!」

なりふり構わず泣き叫ぶが、私の思いが伝わることはなかった。

「この期に及んでまだエミーリアのせいにするのか。呆れた奴だ」

レインハルトは鼻で笑い、吐き捨てた。

「お前が彼女に嫌がらせをしていたことは知っている。エミーリアは、ずっと一人で耐えていた。お前ほど性格のゆがんだ女はいない。まるで魔女のようだ。婚約していたこと自体、恥ずべき過去だ」

その台詞《せりふ》は、私の心をズタズタに切り裂いた。

「のちほど、お前の罪が決定しよう」

「待って、話を聞いて、レインハルト様!!」

必死に叫ぶが、彼はもう私を見ようともしなかった。

「もうお前と話すことなど、なにもない」

大きく首を横に振り、そのまま背を向ける。その背中に絶望を感じた。

去り際にエミーリアがチラリとこちらに視線を向けた。

ゆがんだ目、弧を描いた唇。私にしかわからぬよう、唇が動く。

さ　よ　う　な　ら　。

すべてを魅了する美しい顔に浮かぶ笑み。彼女の内面が真っ黒だということに気づいている者は、この場には誰もいない——私をのぞいて。

私を陥《おとしい》れようと、裏で手を引いていたことを知っている。

対抗しようとするも裏目に出るばかりで、徐々に立場が悪くなっていったのは私のほうだった。

幸せそうに去りゆく二人。

私に手を差し伸べる者はいない。

私を遠巻きに見ているやじ馬の中に、見知った顔があった。

義兄のハロルドだ。

彼もまた私に憎悪の眼差しを向けている。

醜聞《しゅうぶん》を晒《さら》し、ローレンス家に泥を塗ったことに怒りを感じているのだ。

ここに私の味方は誰もおらず、まさに一人ぼっち。

体に力が入らなくなり、大人しく警備隊に連行された。


それから私は、王族を殺《あや》めようとした罪で幽閉された。

時忘《ときわす》れの塔《とう》と呼ばれる場所で、その後を過ごすことになる。塔の名の由来は、この塔にいると時間の感覚を忘れてしまうからだそうだ。

わがままで性格がねじ曲がった令嬢と噂《うわさ》され、もとから良くなかった評判は地に落ちた。

いったい私のなにが悪かったの？　ただレインハルトが好きで、そばにいたかっただけ。

湿気でじめじめとした暗い塔の中、私は周囲のすべてを恨む。

塔の一室で、呪いの言葉を吐き続ける日々は、そう長くは続かなかった。

私、レイテシア・ローレンスは劣悪な環境で病にかかり、あっけなくこの世を去ったのだった。

第一章　運命を変えてやる！

意識が覚醒《かくせい》し、ハッと目覚める。

視界に入ってきたのは、天使が描かれた天井。パチパチと瞬《まばた》きを繰り返しながら、体を起こす。

私、暗くてじめじめとした塔にいたはずじゃ……？　それがなぜ、昔住んでいた自室で目覚めるのだろう。夢を見ているのかしら？

両手を広げ、まじまじと見つめると、ふと違和感を覚えた。

手、こんなに小さかったかしら。

部屋を見回す。確かに自分の部屋なのだが、十六歳の誕生日に購入したソファも、暖炉の上に飾っていたレインハルトの姿絵もなかった。

その代わりにあるのは、ぬいぐるみや子供の使うようなオモチャ。

確かに私の部屋なのだけど、なにかが違う。どこか懐かしい気はするけれど。

やはり私は死んでしまって、これは夢なのかしら。

さきほどまで感じていた、苦しい・悔しい・妬《ねた》ましいといった三重苦の感情を鮮明に思い出せる。考えるだけで、胸の奥がギュッと苦しくなるもの。

状況を確認しようと思い、ベッドから下りた。ふと、壁に備えつけられている鏡が視界に入る。

そこには、ウェーブのかかった腰まである茶色の髪に白い肌、神秘的な紫色の瞳でこちらを見つめる私がいた。

えっ⁉

驚いて目を見開き、鏡に駆け寄った。

鏡に映るのは紛《まぎ》れもない私。だが、決定的に違うことがある。

幼くなっている。

十八歳だったはずが、どう見ても十歳ぐらいだ。背だって低い。

ペタペタと顔を触って確かめるが、感触があるので夢ではない。これは現実だ。

「嘘でしょうー⁉」

思いっきり叫んだ。心臓がドクドクと脈打ち、息が苦しくなってくる。

もしかして時間が逆戻りした⁉　私が強く願ったから？

「……ふふふっ」

すぐには信じられなかったが、やがて笑いが込み上げる。

だってこんなに幸運なことってある？　無念の死を遂げたのに、時間が巻き戻っているだなんて。

これはチャンスよ。

今思えば、なぜあそこまでレインハルトに執着したのか、自分でもわからない。

前世の私は我ながら特殊な性格だった、うん。

それゆえに人間関係がうまく築けず、唯一優しくしてくれたレインハルトに夢中になった。

夢中になりすぎだろ、と冷静になった今では思う。

塔で過ごしている間、考える時間だけはたくさんあった。

いろいろと考えているうちに、レインハルトのどこにそんなに魅力があったのか不思議になった。

確かに見た目はかなりいいけれど、エミーリアにコロッと騙《だま》されて、ばっかじゃないの。

もっとも執着ゆえに破滅の道に進んでしまった私が一番、ばかやろうだ。そこは反省すべき点。

そんな私にやり直すチャンスを与えてくれて、神様ありがとう。

もうレインハルトに執着しないと誓うわ。

「今世では絶対絶対、王子と聖女に関わらない!! 私は私の人生を歩んでやる!! 王子は聖女と仲良くやっていればいいのよ!!」

気がつけば大声で叫んでいた。


時間が巻き戻った――つまり逆行したとわかった以上、やるべきことがある。

ただ日々を過ごすだけでは、またあの運命を繰り返す羽目になるからだ。

せっかく巻き戻った人生、もう同じことは繰り返すまい。

今後の計画を練る必要があるが、その前に、今がどの時点なのか知りたい。

私とレインハルトの婚約が発表されたのは、王国アカデミーに通い出した十二歳の時だ。

家柄と政治バランスで決められた婚約だったが、私は有頂天になって、レインハルトにべったりと張り付いた。どんなに嫌がられても、婚約者の権利だと主張した。レインハルトのすべてを知りたがった。

今なら理解できる。それじゃあ、嫌われるって。

まずは、状況を整理しよう。

私、レイテシアは両親を早くに亡くし、父の友人だったローレンス侯爵に引き取られた養女だ。血の繋がりのない兄と父とともに屋敷で暮らしている。

前回の生ではこの家に馴染《なじ》めず、兄となったハロルドからは、散々いじめられた。

兄が私を軽んじるので、使用人たちもいつしか私をバカにするようになった。そして私の根性はねじ曲がり、性格がゆがんでいった。

いじめる兄はもちろんのこと、私を陰でバカにしている使用人を嫌い、いつも部屋で一人ぼっち。

怪しい魔術の本を読み漁《あさ》り、いつか周囲を見返してやりたいと思っていた。

気に入らない相手がいれば呪いの人形を作って、チクチク針で刺していた。机の引き出しやクローゼットはそんな人形であふれかえっていた。

いつか額に第三の目が開き、呪った相手を魔力で燃やせるようになると信じて疑わなかったあの頃。

変な本の読みすぎだ。

特にレインハルトへの執着は激しかった。薬草に詳しいといっても独学でしかない素人が、そこら辺の葉っぱを煮詰めて作ったものを、惚《ほ》れ薬と称してレインハルトに飲ませようとするなど、常軌を逸《いっ》していた。

彼に関わる女性をすべて排除したくて、視線で殺《あや》めんばかりににらみつくす。レインハルトにつきまとい、待ち伏せをする。手紙を一日何通も送りつける。レインハルトの留守に私室に侵入し、彼のベッドでゴロンゴロンと寝転がり、「彼の匂いに包まれている」と幸せを感じていたものだ。時には激しい被害妄想に襲われ、泣きながら「どうせ私のこと嫌いなんでしょ」と詰め寄った。あの時のレインハルトの困った顔が忘れられない。

嫌いに決まっているだろうが‼　と、当時の自分を殴りたくなる。

思い込みの激しさは天下一品。周囲を振り回し、精神的に不安定。その行動はメンヘラ一直線。大変面倒な女だったと我ながらドン引きする。

周囲に馴染《なじ》めずいじめられていた女が、レインハルトの優しさに触れ、周囲が見えなくなるほど彼に惚《ほ》れ込んだのだ。彼だけが自分を理解してくれると思い込んでいた。だからこそいきなり現れた聖女、エミーリアに対してあれだけの敵意を燃やしたのだ。

もっともエミーリアは、私よりも数段上の腹黒さを持っていた。

まんまと彼女の策にはまって自滅したことは悔しい。かといって、もう一回張り合う気はない。

今後は、レインハルトにもエミーリアにも関わらなければいいのだ。

部屋で意気込んでいるとノック音が響き、扉が開いた。

「あら、お嬢様。起きていらしたのですか」

侍女のマーサだ。彼女は私の顔を見ると、そばかすだらけの顔でため息をついた。

「起きていたのなら、ご自分で着替えてくださったらいいのに」

ブツブツと聞こえるように文句を言う彼女に私を敬う様子はない。前はいつものことだと思い、聞き逃していた。

だが、今回は許してやらない。舐《な》められてたまるものか。

私はスッと息を吸い、マーサの顔をまっすぐに見つめた。

「なにを言っているの。それがあなたの仕事でしょう？」

「なっ……!!」

マーサは目を見開いた。いつもは黙っている私が、反論するとは思ってもいなかったのだろう。

「それともあなたは自分に与えられた仕事もわからないの？　職務怠慢《たいまん》でクビになりたいのかしら」

スラスラと口をついて出た言葉に自分でも驚いた。

前は心の中で思っているだけで、決して言葉にすることはなかったのに。

マーサは信じられないという顔で、立ち尽くしている。

「着替えるわ。早く服を出して」

チラリと視線を投げると、マーサはハッと我に返る。

「し、失礼しました」

そして動揺しつつも、クローゼットから服を取り出した。マーサは口では謝罪しつつも、納得がいかないという表情を浮かべている。不機嫌さを隠そうともしないのは侍女失格だ。

マーサが選んだ服を着たあと、私はドレッサーの前に座る。

「ねぇ、今、私っていくつだっけ？」

唐突に質問してみる。今の私はマーサに確認するしかないからだ。

「十一歳ですよ」

やった!!　それならばまだレインハルトに出会っていない。いくらでも人生やり直せるわ。

「お嬢様、まさかご自分の年齢も忘れたのですか？」

マーサがバカにするように鼻で笑った。

はぁ？

人の喜びに水を差すような、舐《な》め腐った態度に、ムッときて唇を強く噛みしめる。

マーサは櫛《くし》を手にすると、乱暴な手つきで私の髪をとかし始めた。

「痛っ!!」

案の定、強引に引っ張られて地肌に痛みが走る。そんなとかし方をしたら、髪が傷《いた》むし、はげるでしょうが!!

だがマーサは私の声を聞いても、手を止めることはなかった。

――バシッ。

心地よい音が部屋に響いた。私がマーサの手の甲を叩きつけたのだ。

「お、お嬢様……!!」

マーサは手を押さえ、うろたえている。

「痛いって言っているでしょう」

平静を装《よそお》い、低い声を吐き出した。もう我慢なんかするもんか。

スッとドレッサーの前から立ち上がる。

「もういいわ。あなた、クビ」

「えっ……」

「私の世話は誰か代わりの者にやらせるわ」

マーサは目に見えてうろたえ始めた。

「そ、そんな、私はメイド長の指示で、お嬢様のお世話係になりましたのに」

私は深いため息をついた。

「マーサ。あなたは私よりもメイド長の意見を尊重するというのね？」

こうなれば、徹底的に立場をわからせてやりたい。

マーサは私を小馬鹿にしているだけではない。私のアクセサリを数点盗み、換金しているのだ。

もっとも、気がついていながら、なにも言えなかった私もたいがい馬鹿かもしれない。

だけど、もう今までの私じゃないの。せっかくのチャンス、前と同じ人生を歩んで無駄にしたくない。

マーサ程度を相手に変わることができないのなら、これからの運命に立ち向かうことは難しい。

いわばこれが、最初の難関よ！

マーサは真っ赤になって両手を握りしめ、怒りからかブルブルと震えている。そんな彼女を見ても同情なんてしない。

「もう、いいわ。早く出ていって。――そうそう、私のアクセサリをいくつか盗んだでしょう？」

「そっ、それは……!!」

否定しようとするマーサの言葉を遮《さえぎ》った。

「それが退職金代わりよ。大人しく荷物をまとめて、今日中に出ていくのね。じゃなかったら、アクセサリを盗まれたと父に報告するわ。鞭《む》打《ちゅう》ちの刑とどっちがいいの？　それとも罪を犯したその手首を切り落とされたい？」

背筋を伸ばし、ひるまずに言い放つ。

さっきまで怒りで震えていたマーサは、今は顔を真っ青にしている。そして唇を噛みしめ、その場で深々と頭を下げた。そのまま逃げるように退室する。

扉がパタンと閉まる音を聞いた瞬間、私はへなへなとその場に崩れ落ちた。

や、やったわ。言ってやった!!

これまで完全に侍女と主人の関係が逆転していた。

マーサは私がなにを言っても反論しないと、たかをくくっていたに違いなかった。

まだ心臓がドキドキしている。

やればできるんじゃない、私!!

妙な達成感に満ちあふれていた。

そう、この調子で私は変わるの。周囲に疎《うと》まれたりしないし、根性がひねくれたりもしない。今世では胸を張って生きるわ。私はなにも悪いことなど、していないのだから。

さて、私はこれからなにをしようかしら。

朝食後、自室で考え込む。

半年後に開催される建国祭。そこでレインハルトに初めて会う。その時に彼に関わらないようにしなければ。だが、逃げているだけでは回避できないこともあるだろう。そういったことに対処できるよう、自分も強くならなければいけない。

そう、特技なんかがあればいざという時、心強い。仮にローレンス家に見放されたとしても、自分の食い扶持《ぶち》ぐらいは稼げそうじゃない。

私の得意なこと、それは薬草の取り扱いだ。薬草には数百もの種類があり、使い方によっては毒にも薬にもなる。昔は時間があれば薬草図鑑を眺めて、怪しい薬作りに精を出していたけれど、この特技をもっと活用できないかしら？

まあ、とりあえず部屋にこもっていても仕方がない。まずは外に出てみようか。

私は重い腰を上げると部屋から出た。


多種多様の花が咲き誇る庭園を一人で歩く。噴水の中央に設置してある女神像の水がめから、水が流れ落ちる。その音を聞いているだけで爽《さわ》やかな気分になる。

太陽の光と、頬をさする風が心地よい。花の香りが鼻孔《びこう》をくすぐる。

ああ、生きているって素晴らしい!!

最期の記憶が暗くてジメジメした塔の中だったから、当たり前の日常がありがたく感じる。

目を閉じ、思いっきり深呼吸をした。

そしてゆっくりと瞼《まぶた》を開けると、二人の人物が視界に入る。

ゲッ!!

嫌な奴がいた。相手も私に気づいたようでバッチリと目が合った。その瞬間、思いっきり視線を逸らして踵《きびす》を返す。

「おい、待てよ」

だが相手が私を逃がすはずがない。背後から声をかけてきた。

——今回の生を幸せに生きるには避けて通れない道。向き合うしかないか。

意を決してクルリと振り返る。

「珍しいな、お前みたいな引きこもりが外に出てくるなんて」

引きこもりは余計だ。

ずけずけとものを言うのは、ハロルド・ローレンス。

王国アカデミー中等部に在籍している、私の二つ上の義兄だ。サラサラとした茶色の髪に、同じく茶色の瞳をしていて、爽《さわ》やかな好青年に見える。だが性格は粗野で、単細胞、そして意地悪だ。

私との仲はもちろん、良くない。

そしてハロルドと一緒にいたのは、私と同い年のフェリオス。彼の父親と私の義父の仲がいいため、フェリオスは父親に連れられて時折、この屋敷に遊びに来ていた。

朝から嫌な奴に会ってしまったものだわ。

内心うんざりするが、相手はあのハロルドだ。マーサの時と違い、上から目線でものを言うわけにはいかない。下手に突っかかったら、倍になって返ってくるだろう。

私は拳をギュッと握りしめ、無理やり笑顔を作る。もちろん、頬はぴくぴくとひきつった。

「おはようございます、お兄様」

私がきちんと挨拶をすると、相手が肩を揺らした。きっと驚いているのだ。

いつもはハロルドの姿を見かけただけで、ダッシュで逃げていたからなぁ。

「なにをしていたんだよ？」

「天気がいいので、ちょっとお散歩ですわ」

にっこり微笑むと、ハロルドは私の全身をジロジロと眺めた。

「お前が散歩～？　部屋に閉じこもりっきりのお前が？」

なに言っているんだ、呪いのハロルド人形作るぞ!!

バカにした物言いにカチンときて、グッとにらみをきかせた直後、我に返る。

はっ、いけない、いけない。前世のクセが発動するところだったわ。メンヘラは封印よ!!

慌てて笑顔を取り繕《つくろ》う。

「ちょうど良かった、ちょっと来いよ」

「えっ」

そのまま手首をつかまれ、ぐいぐいと引っ張られた。やがて茂み付近まで来ると、ハロルドは茂みをガサゴソと漁《あさ》る。なにかを探しているようだ。

「おっ、いたいた」

上機嫌な声を出すハロルドに嫌な予感がする。というか、嫌な予感しかしない。

走って逃げ出そうかと思った時、ハロルドがいきなり振り向いた。そして私の顔面に、手をグイッと押し付ける。

「ほら、見ろよ、このでっかいバッタ」

緑色の虫は長い脚をもぞもぞと動かしている。

一瞬、気が遠くなった。

そばにいたフェリオスは顔色を変え、オロオロしている。

思いっきり叫びそうになった瞬間、はたと気づく。

——あれ、意外に私、平気かもしれない。

前もハロルドに服の中に虫を入れられて大泣きしたことがあった。

だが、今回は不思議なほど心が落ち着いている。

その時、脳裏によみがえったのは、塔の中で過ごした日々。

暗くてジメジメした塔の中には、それこそ虫がたくさんいた。バカでかいムカデやナメクジ、ネズミまで出没した。最初のうちは怖くて震えて泣いていたが、すぐに慣れた。慣れって怖い。

それこそ、ハロルドが嬉々《きき》として見せてきた虫など比べものにならない、子供の片手ぐらいの大きさの蜘蛛《くも》だっていたわ。

「……」

無言で虫をじっと見つめる私の反応は、どうやらハロルドの予想外だったのだろう。あれっ、と拍子抜けした様子で瞬《まばた》きを繰り返している。

「まあ、バッタにしては大きいほうだと思いますけど、本格的に成長するのは穀物《こくもつ》の実る秋だと思いますわよ？　まだ子供のバッタじゃないですか」

私の反応は、彼のお気に召さなかったようだ。ボソッと、なんだよ、と吐き捨てると、面白くないような顔でバッタを放った。

この人、これでも十三歳。王国アカデミーでは優秀で、女生徒たちからも人気があるって話だったが、私に対する態度は悪ガキそのもの。

「すごい、あんな大きなバッタ。僕だって怖いのに、君は平気なんだね」

フェリオスが瞳を輝かせる横で、私は鼻をフンと鳴らした。

舐《な》めるな、塔生活経験者を。我ながら、ずいぶんとたくましくなったもんだわ。

「では、私は散歩を続けますね」

にっこり微笑むと、悔しそうな顔をするハロルドと尊敬の眼差しを向けるフェリオスを残して、その場をあとにした。

部屋に戻り、これからのことを改めて考える。

半年後に開催される建国祭、そこで初めてレインハルトに会う。つまり、そもそも建国祭に出席しなければ、彼に出会うこともないんじゃないかしら？

だが国民の大事な行事の一つなので、貴族たちは出席が義務づけられている。

仮病でも使おうかしら。

窓辺にたたずみ考えていた時、扉がノックされた。返事をする前にいきなり扉が開いたと思ったら、ドサッと音がした。人が入ってきた気配はない。仕方がないので様子を見に行くと、扉の前に白い袋が落ちていた。その袋の口は紐《ひも》で固く結ばれている。

嫌な予感がする。

その時、袋がもぞもぞと動いた気がした。

気のせいかしら？　注意深く様子を見守る。暖炉の脇に置いてあった火かき棒を手にして、ツンツンとつついてみるも反応はなかった。

しばらくじっと見つめていたが……仕方ない。

覚悟を決め床にしゃがみ込み、袋の口を縛っている紐《ひも》を解いた。

そっと袋の中をのぞいて確認する。

あっ!!

驚いた勢いで袋の口を手でギュッと握ってしまった。

中に入っていたのは小さな白い蛇だったのだ。

これを投げ入れた犯人は一人しかいないだろう。というか、ハロルド以外に誰がやる、こんな幼稚なこと。虫やら蛇やらを、私に見せてどうしたいのだ。

前は同じことをやられるたびに泣き叫んでパニックになっていた私。

だけど先ほど気づいたとおり、塔に幽閉されてからはすっかり度胸がついた。それこそ塔にはネズミが出没したので、それを狙った蛇が姿を現すことも一度や二度ではなかった。しかもぶっとい縞々《しましま》模様の胴体で、床を器用にはい回るものだから、それこそ失神しそうになった。だが、誰も頼れない生活だったので、泣きながらつまみだした。

それに比べたら、こんな小さな蛇、つぶらな赤い瞳が可愛いとすら思える。

「お前はなんにも悪くないのにね」

蛇に向かってつぶやいた。蛇もいきなり閉じ込められ、困惑しているだろう。かわいそうに。

さてハロルドめ。どうしてくれようか。

蛇の入った袋を手にしたまま、考え込んだ。


そして夕食の時間。

上座に座るのはローレンス家の当主である、カイロス・ローレンス。私の義父である。

茶色の髪と同系色の瞳はハロルドによく似ている。寡黙《かもく》で厳しい性格で、私は優しい言葉をかけてもらった記憶がない。ハロルドの母が流行《はや》り病で亡くなったあと、後妻をめとらずに独り身を貫いていた。

席につくと、向かいに座るハロルドがニヤニヤした顔で声をかけてきた。

「プレゼントは気に入ったか？」

意地の悪い質問だ。私が怒るとか泣き出すとかの反応を期待しているのだろう。

実際、彼の望むとおりの反応をしていた――今までは。

そしてメソメソと泣き出す私を見て、またか、とでも言いたげに深いため息をつく義父。

でも残念でした、今の私はあのぐらいで泣きはしない。

にっこり静かに微笑み返した。

「な、なんだよ」

予想外の反応だったらしく、ハロルドがたじろいだ。

そこに、酸味のあるドレッシングのかかった野菜の前菜が運ばれてくる。

私がゆっくりと味わう一方で、ハロルドは前菜をすぐに食べ終えた。食欲旺盛《おうせい》な年齢だから、私とペースが違うのは仕方ない。

次に運ばれてきたのは琥珀色《こはくいろ》の透明なスープ。ハロルドはよほどお腹が空いていたのか、夢中になって食べている。私はフォークを片手にその様子をじっと見つめた。

「なんだよ」

視線に気づいたハロルドが、私をジロリとにらんだ。

「いえ、お兄様、今日のスープのお味はいかがですか？」

「ああ？　美味《おい》しいが、それがどうした」

私はにっこりと微笑んだ。

「それは良かったです。料理長にお願いしたかいがありましたわ」

「なんだよ。まるでお前が作ったみたいな言い方するじゃないか」

ヘッと鼻で笑いつつも、ハロルドはスープを飲み続けた。

「お兄様からいただいたあのプレゼント、実はお兄様がお飲みになっているスープの出汁《だし》にしていただきましたの」

その瞬間、ハロルドは盛大にスープを噴き出した。まるで噴水のごとく。

それを見て小躍りしたくなる気持ちをグッと隠す。

「お兄様、お行儀が悪いですわ」

ナプキンを手にし、濡れた顔をふいた。

「お前っ……‼　お前が変なことを言うからだろう‼」

ハロルドは立ち上がり、テーブルを両手で叩く。その顔は真っ赤だ。

私はフフッと口に手を当て微笑んだ。

「冗談ですわ。まさか本気にするとは思いませんでしたわ」

「…………」

私の反撃を喰《く》らったハロルドは絶句している。そりゃ、今まで言い返したことなどなかったのだから、この反応は当然だろう。ちなみにあの蛇はきちんと庭に逃がしてあげた。

「じょ、冗談でも言っていいことと悪いことがあるだろう」

「あら、お兄様みたいに人の部屋に蛇を投げ入れるのも、冗談ではすまないと思いますわ」

ハロルドはグッと言葉に詰まった。

「――そこまでだ」

突如、父の低い声が響いた。父はワイングラスを片手に、じっと私たちを見つめている。いさめられたハロルドは渋々ながらも席についた。

「食事の時間に騒ぐな」

有無を言わさぬ父の言葉に、緊張が走る。

「だけど父上、こいつが……」

ハロルドが弁明を始めようとするが、父は遮《さえぎ》った。

「言い訳は聞いとらん」

嫌な汗が背中を伝った。しまった、やりすぎたか。

父は深いため息をつくと、ハロルドのほうを向く。

「しかし、ハロルド。お前はレイテシアの部屋に蛇を投げ入れたのか？」

ハロルドは肩を強張《こわば》らせ、言葉に詰まる。

「――情けない」

ポツリとつぶやき、力なく首を横に振る。

「そんなくだらぬことに時間を費やすな」

叱られたハロルドは顔を真っ赤にして唇を噛みしめ、うつむいている。

「今日は食事抜きで反省するといい。部屋に戻れ」

「……はい」

ハロルドは父に反抗することなく、すごすごと食堂を出ていく。

扉がパタンと閉まる音が聞こえ、シーンとした空間に父と二人になる。

気まずすぎる。そんなふうに思っていると声がかかった。

「レイテシア」

父は手を組み、私をまっすぐに見つめている。次に説教をくらうのは私か⁉

覚悟を決め、膝の上で手をギュッと握りしめた。

「すまないな」

へっ⁉　今、なんておっしゃいました？

厳格な父から予期せぬ言葉が聞こえ、驚いて瞬《まばた》きを繰り返す。

「レイテシアがローレンス家に来てもう三年になるが、いまだにあいつはレイテシアに対して、どう接していいのかわからないようだ。母親がいれば優しく諭《さと》していたのだろうが、私もなかなか気が利かずに悪いな」

父がこんな言葉をかけてくれるとは予想外だ。

いや、以前にも言ってくれていたのかもしれない。だが私が心を閉ざしていたので、右から左へ聞き流したのかも。いつも適当に、はいはいと返事だけしてやり過ごしていたから。

「レイテシアにちょっかいをかけるのも、あの子なりに仲良くなりたいからだ。不器用な奴だ。ただ嫌わないでほしい。縁があって兄妹になったのだから」

数々の意地悪が私と仲良くなりたいがためだったのなら、なんて遠回りな方法だ。

以前の私ならこの父の言葉も「結局ハロルドの味方じゃない」と思いながら聞いていただろう。

だが今ならわかる。父もまた伝えるのが上手ではないのだ。不器用親子だ。

「ええ、お父様。わかっていますわ」

そう告げると父はあきらかにホッとした表情を見せた。

逆行前は苦手だったハロルド。今世では彼に負けないと意気込んでいたが、対抗するのではなく、手を組むのはどうだろうか？　仲良くなって普通の兄妹を目指すの。

そうだ、そうすればこの先、万が一にも王子と聖女に関わることがあった場合、守ってくれるかもしれない。あんなハロルドでも、このローレンス家の跡継ぎなのだから。

そうよ、権力は大事!!　そうと決まれば、まずは兄を理解することから試《こころ》みよう。

運ばれてきたメインディッシュのローストビーフにナイフを入れながら、私はそう決意したのだった。


食事を終え、厨房《ちゅうぼう》に向かう。案の定、料理人たちはまだ残って片づけをしていた。そこで私はサンドイッチを作ってほしいと依頼する。

「お嬢様、これは夜食ですか？」

日頃はこんなお願いをしたことがないので、疑問に思うのも無理はない。

「いえ、餌付《えづ》けしようかと思っているのよ」

料理人は不思議そうな顔をしたが、それ以上は追及してこなかった。

しばらくすると、夕食で出されたローストビーフが挟まったサンドイッチが手渡される。

「ありがとう」

礼を言って厨房《ちゅうぼう》をあとにし、向かうはハロルドの部屋だ。

彼の部屋を訪ねるのは初めてなので、緊張してきた。

せっかくハロルドのためにサンドイッチを作ってもらったけど、いらないと突っぱねてきたらどうしよう。そしたら目の前で食べてやろうか。いつもと逆で、こっちが嫌がらせをするのだ。

重厚な扉の前に立つ。ギュッと拳を握り、思い切ってノックをした。

やがてくぐもった声が聞こえたので、静かに扉を開ける。

モノトーンで統一された広い部屋の中、ハロルドはソファに寝転がっていた。私の顔を見ると、よほど驚いたのかソファから落ちそうになる。

私はズケズケと部屋の中央まで進み、サンドイッチがのった皿をテーブルに置いた。

「お兄様、夕食を持ってきましたわ」

「……なんだよ、それ」

兄の声は低く、不機嫌そうだ。この期に及んで私のせいだと思っているような声色だ。

ハロルドは無言でサンドイッチをじっと見ていたが、やがて手を伸ばした。

勝利〜!!

勝手に兄に勝った気になった私は、気分が良くなった。

「今夜のメインディッシュのローストビーフのサンドイッチですわ。召し上がれ」

「お前が作ったような口ぶりだな」

「蛇など入っていませんのでご安心ください」

「……まだ言うか、それを」

ハロルドは肩を揺らしてクッと笑う。その笑顔を見て私もホッとした。

「座ってもよろしいですか？」

ずうずうしくもソファを指さす。ハロルドはチラッと視線を向けた。

「好きにしろ」

返答を聞き、遠慮なくソファに腰かけた。ハロルドがサンドイッチを食べている間、部屋をキョロキョロと見回す。難しそうな本が並んだ本棚、テーブルの上に散らばった羽根ペンと紙は勉強道具だろう。分厚いのは教科書だろうか。

「お兄様は王国アカデミーに通っているのですよね？」

「ああ。お前も来年から通うだろう」

それがどうした、とでも言いたげな視線を投げてきた。

貴族の子供が通う、名門中の名門である王国アカデミー。その歴史は三百年にも及ぶ。剣術についても魔力についても一流の教育が受けられる場所だ。

私もこのままなら王国アカデミーに入学することになる。

だが、王国アカデミーに通うのは困るのだ。なぜなら王子と聖女も通う予定だから。彼らと接点を持たないようにするには、王国アカデミーではなく、魔法学園に通うのがベストだ。

魔法学園は貴族だけでなく、一般家庭の庶民も通う。そんな学校に王子やら聖女やらが通うわけがない。つまり、そこに通えば彼らとなんの接点もなく安心した学園生活を送れるのだ。

だからこそ、ここは譲れない。

「私、よく考えたのですが、魔法学園に通いたいと思っていますの」

ピンと背筋を伸ばし、ハロルドの目をまっすぐに見つめた。ハロルドは私の言葉が意外だったのか、サンドイッチを口に運ぶ手を止めた。

「なんでわざわざ魔法学園に通いたいんだ？」

「私にはそちらのほうが合っていると思っています」

王都の中心部にある王国アカデミーとは違い、魔法学園は街の外れに位置する。周囲は森に囲まれ、自然の多い場所だ。

「それに私、薬草を調べるのが好きなんです」

私の趣味は薬草採取。薬草を調合して薬を作るのも得意だ。

逆行前は独学で惚《ほ》れ薬なるものを作ろうとしていた。もちろん、飲ませたい相手は一人しかいなかった。図鑑で調べてはそれらしい薬草を採取し部屋にこもって、惚《ほ》れ薬作り。怪しすぎる。

今世はそれを強みにして、自分のために使うわ。

なんの才能も持たずに生まれてきたのなら、自分で特技を作るしかない。

薬草の採取と調合を特技にするべく、今後は一から学ぶわ。怪しい惚《ほ》れ薬作りのためではなく!!

「魔法学園ですと校外学習で森へ行くことも多いと聞きますし、薬草を自分で採取することもできるかと思いまして。本格的に薬草について学び、魔力と掛け合わせれば、ポーションなどを作ることも可能なはずです。将来的には薬草士の資格だって取得できます」

私は熱く語った。本音の部分――つまり王子にも聖女にも出会いたくないから、というところを隠して伝えたが、これだけでも十分説得力があったはずだ。

頼む、ハロルドよ、うまく騙《だま》されてくれ。そしてあわよくば父を説得する際、味方してくれないかな～、なんて。そこまでは期待しすぎかしら。

ハロルドは黙って私の話に耳を傾けている。

「……なんだか、今日のお前は別人みたいだな」

ボソッとつぶやいた声に、内心ギクッとした。

なかなか鋭いお目をお持ちのようで。そうです、見た目は変わっていないけれど、中身は逆行したレイテシアなんです。悲惨な死を経験してよみがえってきたんです。

――とは口が裂けても言えない。

「や、やりたいことが見つかっただけですわ」

笑ってごまかす。

「それは王国アカデミーでは無理なのか？」

「無理なんです!!」

ハロルドの問いかけに、つい熱くなってテーブルを拳で叩いた。テーブルにヒビが入るんじゃないのか、って心配になるぐらい大きな音が響く。驚いたハロルドは後ろにのけぞった。

「なっ、なんだよ、急に」

「あら、失礼しました」

確かに、なにをするにも王国アカデミーのほうが環境は整っているだろう。なにせ貴族が集まる場所だ。だが、私にとっては運命を左右する選択だ、ここは譲れない。

「まあ、目標があるのなら、いいんじゃないか」

ハロルドは多少納得がいかない様子だったが、うなずいてくれた。こうやって外堀から埋めていけば、父も頭ごなしに反対はしまい。すべて計画どおりにいきそうで、ワクワクしてきた。

「魔法学園に通うとなれば、お兄様と別々になりますので、残念ですけどね」

「えっ……」

その可能性は考えていなかったのか、ハロルドは眉根を寄せ、考え込む素振りを見せている。

「では、もう戻りますわ」

目的は果たしたのでソファからスッと立ち上がる。するとハロルドはなにか言いたげな視線を投げてきた。どうしたのだろう。

様子をうかがっていると、ハロルドは口ごもりながら言葉を紡いだ。

「今日は……俺も悪かったよ」

なんですって!? あのハロルドが私に謝った!! 今まで散々意地悪をして私を泣かせてきたくせに。どうしよう、驚きすぎて反応に困る。

悩みつつも私は腰に手を当て、顔をグイッと上げた。

「まっ、まあ、許してあげますわ」

「やけに偉そうだな」

言葉は強いが、ハロルドはどこか楽しそうだ。なんだか穏やかな空気が流れている。

あら？　私、幸先《さいさき》いいんじゃないのかしら。ハロルドと仲良くなれそうだわ。こうやって関係を築いていけば、いつか本当の兄妹のようになれるのだろうか。とりあえず、それを目標に頑張るとしよう。

私は固い決意とともに拳をギュッと握りしめた。

＊＊＊

それから私は日々、薬草図鑑を手に領地の森に入りびたった。

「これはリーストの葉、そしてコーリンの根」

薬草と図鑑と見比べる。リーストの葉は胃腸が弱った時に、コーリンの根は風邪に効果がある。

「あとは魔力ね」

人々の体には、生まれながらにして魔力の通る魔道《まどう》という道がある。だが、ある程度魔力を使いこなすには才能とセンスが必要だ。

自分には才能がないと思い込み、あきらめていた逆行前。

薬草士は作った薬に、魔力でさらに力を入れる。すると効果が倍になると言われているのだ。

今世の私は魔力を使いこなして、薬草士の資格を手に入れたい。

そのためにも努力を惜しまない。

＊＊＊

そうして努力の日々を送っていたある日の夕食時、父が口を開いた。

「一ヶ月後に開催される建国祭に皆で出席する」

思わず手にしていたスプーンを落としそうになった。

建国祭、それはこの国が誕生したことを国民皆で祝う催《もよお》しだ。街では華やかなパレードが、王宮では舞踏会が開催され、にぎやかな一日となる。国民の皆が楽しみにしている祭りだ。

だが私の手は震え、心臓がドクドクと脈を打つ。

なぜなら――ここで私と王子は初めて出会うのだ。

できることならば、出会いから回避したい。

「ハロルドもレイテシアも準備をしておくように。ローレンス家として恥ずかしくない行動を心がけなさい」

父の言葉が重く伸《の》しかかる。どうしよう、行きたくないとか言える雰囲気ではない。

「レイテシア、ドレスを新調しなさい。二人とも、体調を万全にしておくのだぞ。当日は王への謁《えっ》見《けん》もある」

「……はい、お父様、ありがとうございます」

私は浮かない気持ちを押し殺して返事をした。ここまで言われたら出席するしかない。

しっかりするのよ、レイテシア。王子と関わらなければいいだけだ。今はまだ、顔見知りですらないのだから。

胸に手を当て、自分自身に言い聞かせた。

＊＊＊

そして建国祭当日。私は新調したドレスに身を包む。贅沢《ぜいたく》に使用したレースと、スカートに施されたフリルが可愛らしい。優しい色合いの、柔らかい雰囲気のドレスだ。

「お綺麗《きれい》ですわ、レイテシア様」

着替えを手伝ってくれるメイドが私を褒めてくれる。

「ありがとう」

逆行前はメイドたちからも疎《うと》まれていた。それは彼女たちの態度の端々から感じていた。

だが最近では、彼女たちの態度にも変化が見られるようになった。

「こちらのネックレスはお嬢様の瞳の色とお揃いで、とっても素敵ですわ」

紫色の一粒の宝石の、大人っぽいアクセサリが私の首元で輝く。

「お似合いですわ」

やはりマーサをクビにしたことが、ある種の見せしめになったのだろう。

メイドたちは嬉々《きき》として私を着飾ってくれる。まるで着せ替え人形になったみたいだ。

「準備はできたか!!」

その時、ノックもなしに扉が開いた。ひょっこり顔を出したのはハロルドだ。髪を後ろに撫でつけて正装に身を包んでいる。その姿はいつもより凛々《りり》しい。私に虫を見せ、蛇を投げ込んだ人物とは思えない。人は見た目でこうも印象が変わるのか。

「お兄様、ノックもしないで失礼ですわよ」

「なんだよ、もう着替えているからいいじゃないか」

ハロルドは悪びれることなく、私に近づいた。

そして頭のてっぺんからつま先までジロジロと眺めたあと、腕を組んだ。

「ふうん。まあ、いつもよりましになった」

「ありがとうございます。お兄様もいつもよりましですわ」

ツンと顎《あご》を上げると、ハロルドは噴き出した。

「お前も言うようになったな」

なにが面白かったのか、彼は笑い出した。ひとしきり笑ったあと、私の頭をポンポンと撫でる。

「前のお前だったら、俺に近寄りもしないどころか、なにを言われても暗い顔してうつむくだけだったくせに。可愛げがなくなったなー」

不満を述べているが、その口調は軽く、どこか楽しそうだ。

「お兄様に鍛えられたのですわ」

私もひるむことなく、言い返した。実際、ハロルドとの関係は変わった。

最近、彼はなにかと私に構ってくる。私も以前は極力顔を合わせないようにしていたが、今ではちゃんと向き合っている。そうすると不思議なもので、口は悪いし時にはいたずらも度が過ぎるけれど、そう悪くない兄だと思えるようになった。兄というよりケンカ仲間みたいな感覚だけど。

それに、屋敷にフェリオスが来た日には、必ず私も遊びに誘われるようになった。三人で集まってかくれんぼをしたり、虫の観察をしたり。なんだかんだ仲良くなっている。

自分でもこんな短期間で関係が変わったことに驚いている。これも彼が投げ入れてくれた蛇のおかげなのだろうか。認めたくはないが。

「まあ、いい。そろそろ時間だから行くぞ。お父様がエントランスフロアで待っている」

「ええ」

そして私はハロルドとともに階下へ向かった。

豪華な馬車に乗り込み、舞踏会が開催される王宮へ向かう。

ついに王子と対面する。そして前回、私は恋に落ちた。だが、今世では絶対に恋になんて落ちない。回避してみせる。

意気込んでいると視線を感じた。ふと顔を上げるとハロルドと目が合う。

「なにか？」

首を傾《かし》げた私にハロルドは笑った。

「なんだか、険しい顔をしているな。緊張しているのか？」

「……ええ、とっても」

彼にはわかるまい。私がどれだけ必死になっているかなんて。

「大丈夫だ。誰もローレンス家の者に文句など言えやしないさ。堂々としていればいい」

ローレンス家は名門侯爵家であり、他の貴族たちからも一目置かれている。私はその家の養女。周囲の妬《ねた》みもあり、大人にばれないように陰湿ないじめにあったこともある。ひとえに私が大人しかったせいだが。

ハロルドは堂々としていろと言うが、私はむしろ目立ちたくない。特に今回の建国祭では、どれだけ気配を消せるのかが重要なポイントだ。

「でも、もし、誰かがなにか言ってきたら——俺に言えよ」

ふいに優しい言葉がかけられたので驚いて顔を上げる。

ハロルドは真面目な顔で私をじっと見つめている。

「あ、ありがとうございます」

お礼を言うとハロルドはそっぽを向き、窓から外を見つめた。彼の耳がほんのりと赤くなっている。きっと照れているのだろう。微笑ましい気持ちになって、思わずクスッと笑ってしまう。

「そうですね、蛇とか投げられたらお兄様に相談しますわ」

「お前っ……‼　まだ言うか、それ」

焦《あせ》ったハロルドの態度が面白くて仕方ない。笑いをこらえきれず、思わず口に手を当てた。

「――ずいぶんと仲良くなったみたいだな」

低い声が響き、私とハロルドは顔を見合わせ、ハッとした。父も同席していたのだ。うるさくしてしまったことで注意されるかもしれない。

緊張が走り、姿勢を正した。

いつも険しい表情で口数が少ない、それがローレンス家の当主である父、カイロスだ。

父はハロルドと私の顔を交互に見つめる。私の背筋に嫌な汗が流れた。

「――良いことだ」

へ？　今、なんと言いました？

父はポツリとつぶやいたあと、何事もなかったように、ゆっくりと足を組み替えた。そして窓の外へ視線をやる。

まだ心臓がドキドキしているが、怒られなくて良かった。父の横顔をチラリと見る。

怖いだけの人ではないのかもしれない。

ふとそんな考えが頭をよぎった。

視線をさまよわせていると、ハロルドとバッチリ目が合った。彼は私に目配せし、苦笑いをしている。彼もまた安堵《あんど》したのだろう。私もハロルドに苦笑いを返した。

馬車をしばらく走らせ、王宮に到着した私たち。

馬車から降り立つと、そこは華やかに着飾った貴族たちで、すでににぎわいを見せていた。

父は先々で声をかけられ、挨拶を交わしている。

「庭園へご案内いたします」

身なりのよい使用人から声をかけられる。大人たちが挨拶を交わす中、子供は退屈しないよう庭園に案内されるのだ。

「いいえ、私は父のそばにいます」

私は手をギュッと握りしめ、そう言った。

冗談じゃない。庭園に行ったら王子に出会ってしまうだろう!!　未来がわかっているのだから、みすみす飛び込むことはしたくない。

案内役の使用人が困惑している。だけど私だって譲れない。

その時、そっと背中を押された。

「行きなさい、レイテシア」

父が私に指示を出す。その声からは拒否することを許さない圧を感じる。

どうしよう、行きたくない。

「レイテシア」

突如、父から厳しい声で呼ばれ、肩をビクッと震わせた。

……怒られる!!

「父が恋しいあまり、そばを離れるのが悲しいのだろう？　今にも泣き出しそうなお前の気持ちも理解できるが、少しの時間も離れたくないとは、困った子だ」

「え、そんなこと言ってな……」

どうしよう、なにか勘違いしている……？

「だが、レイテシア。大丈夫だ。父と離れるのはほんのわずかな時間だ。その後はずーっと一緒だから安心しなさい」

ずーっと一緒？　なにこれ、もしや父は、私のことが好きすぎるのではないかしら。

「あの……いえ、あっ……はい」

安心するもなにも、そもそもそんな心配はしていないと言いたかったが、結局言えずに終わる。

だが父はこんな性格だったか？　初めて見る様子にポカンと口を開けてしまう。

「ほら、行こうぜ、レイテシア」

その時、グッと腕をつかまれた。つかんだのはハロルドだ。

「父上の邪魔をしちゃダメだろう。それに、だらしなく口が開いているぞ」

ハロルドに指摘され、ハッと我に返る。慌てて口元を引きしめた。

「ここよりも、庭園のほうが楽しいかもしれないしな」

仕方ない、私も行くとするか。本当はすっごく不本意だけど……大人しくしていたらなにも起こらないはずよ。

深くため息をつき、覚悟を決めた。

「とりあえず、バッタも蛇も捕まえないでくださいね。もう、いりませんから」

「まだ言うか、それ!!　お前もたいがいしつこいな」

ハロルドだけは、楽しそうに笑った。


案内された庭園には、同じぐらいの年齢の貴族の子供たちが集まっていた。

テーブルと椅子が置かれ、お菓子と紅茶も準備されている。天然石で造られた噴水から、涼しい水音が聞こえてきた。

私は庭園の端にでもそっと移動しよう。

「ん？　お前、どこ行くんだ」

「お兄様、私のことは気にせずとも大丈夫です。それよりご学友の方がいらっしゃるのではないですか？　挨拶をなさってきてはいかがでしょうか」

ハロルドの通う王国アカデミーは貴族が通うので、この場に来ているはず。

ハロルドは周囲をキョロキョロと見回し、早速知っている人を見つけたようだ。

「ちょっと、行ってくる。お前はここにいろよ」

その言葉を聞き、ホッとした。ハロルドは目立つ容姿をしているので、隣にいると私まで注目を浴びてしまう。それは困るのだ。私は気配を消したいのだから。

ハロルドを見送り、さて、私はどこに行こうかと考える。茂みの後ろにでも隠れていたい心境だ。

とりあえず、王子と対面することだけは避けたい。

選んだのは、生け垣のそばのベンチだった。ここならば人目につきづらいだろう。

ベンチに腰を下ろし、ボーッとしながら、皆が思い思いに遊んでいる姿を眺める。

ふと背後から気配を感じ、身構えた。

同時に、顔の横からスッと手が伸びてきた。広げられた手の中にいたのは、小さなイモムシだ。

もぞもぞと動いている。ゆっくりと振り返ると、私と同じぐらいの年齢の男の子が立っている。

私の反応を楽しみにしているのだろう。頬をピクピクと動かし、目を輝かせている。

だが私はスッと目を細めた。

「ああ、まだ小さいアオムシね」

取り乱してはいけない。私はここで大人しくしているのだ。すべては我が身可愛さのため!!

冷静に返すと相手は面白くなさそうな顔を見せた。そして私に興味を失い、仲間のもとへ走っていった。

逆行前は小さなイモムシを見せられただけで、泣き叫んだっけ。

だが私は図太くなった、いや強くなったのだ。蛇も蜘蛛《くも》もネズミにも、すっかり耐性がついたわ。

むしろ、たまに塔で見かけるお友達ぐらいの感覚になっていた人生後半。

よしよし、ここまでは順調だわ。このままここで身を潜《ひそ》めていれば、王子には会わないはずだ。

その時、誰かの泣き叫ぶ声が聞こえた。

ハッとして思わず立ち上がりあたりを見回すと、噴水の近くで女の子が一人、男の子三人に囲まれている。そのうちの一人はさきほど得意げに私にイモムシを見せに来た子だった。泣いている女の子は首を大きく横に振り、後ずさっている。それを楽しそうに追いかける男の子たち。

ふいに記憶がよみがえる。

そうだ、逆行前、三人で寄ってたかってイモムシを私に押し付けてきたっけ。号泣している私を、周囲の誰も助けてくれず、ただ遠巻きに見ているだけだった。

今、泣き叫んでいるあの子は、逆行前の私だ。

自分の姿と重なり、目まいがした。同時にふつふつと怒りが湧き上がる。

寄ってたかって、弱い者いじめしているんじゃないわよ!!

ギュッと手を握りしめた。だがすぐに首を横に振る。

ダメよ、大人しくしていると決めたはずでしょ。ここで飛び出していったら、どんなふうに運命に影響するのか、わからないじゃない。

自分の保身を優先しようとした瞬間、その考えが消し飛んだ。逃げようとした女の子が派手にスッ転び、その姿をゲラゲラと笑う男の子たちの声が響いたからだ。

あったまきた!!

気がつけば私は走り出していた。

「あなたたち、弱い者いじめはやめなさいよ!!」

いきなり姿を現した私に、三人の男の子たちは目をパチクリさせた。

「べ、別にいじめなんてしていないだろう!!」

一番体格がよくて、赤毛とそばかすが特徴的な男の子がズイッと前に出る。

こ、こいつは……!!

私はハッと息を呑んだ。逆行前、この建国祭で私をいじめた本人だったからだ。

こいつにいじめられ泣いている私に手を差し伸べてくれたのが王子だった。そこから私の一目惚《ぼ》れ、断罪へと一直線に進んでいったのだ。

そもその元凶は、あんただったんじゃない。あんたがいじめなんてみみっちいことをしなければ、王子に助けられることもなかった。出会わなければ、惚《ほ》れることもなかった。

怒りで頭の血管が切れそうだ。

「あんたのせいで……」

キッと鋭くにらみをきかせると、相手は一瞬ひるんだ。

「なんだよ、なんでそこまで怒られなきゃいけないんだよ。たかが、虫を見せただけだろう」

「たかが……？」

その言葉に私の中でなにかがプチッと切れた。

「あんたにとってはたかが虫かもしれないけれど、苦手な人にとっては本当に嫌なの!! 苦手なものを突きつけられる気持ち、理解できる？ そんなピンチを救ってくれた相手がいたら、惚《ほ》れてしまうだろ!! 当たり前だ!! 盲目的に好きになって相手の迷惑も考えず追いかけた挙げ句、ライバルに陥《おとし》いれられて、最後は塔で孤独死を迎えた者の気持ちが理解できるのか～!!」

私情入りまくりだが、構わず叫んだ。

相手は私の剣幕《けんまく》に押されつつも、理解不可能といった顔をしている。

「少しは頭を冷やしなさいよ!!」

スッと両手を前に出す。目を閉じて、自分の中にある魔力の通る道、魔道に意識を集中させる。

徐々に手の平が熱くなってくる。魔力がみなぎってくるのを感じる。

スッと息を吸い込み、噴水に手の平を向けた。

「泣かせた女の子の分と、前回私が断罪を迎える発端を作った恨み!! 深く反省しなさい!!」

叫ぶと同時に魔力がほとばしり、噴水に向かっていく。水が大きくうねり、水柱が男の子たちを襲った。頭から水を被った男の子たちは全身ずぶ濡れになる。

すごい、私ったら、魔力を出すことができたわ。

自分でも信じられなくて両手をじっと見つめた。なにか特技がほしくて魔力を操《あやつ》れるようになりたいと日々励んでいた。まさか、こんなに早く魔力を扱える日がくるなんて……。

やればできる子、レイテシア!!

魔力をうまくコントロールできるようになれば、薬草士として自立するのも夢ではない。

嬉しくて手をグッと握りしめた。

「これに懲《こ》りたら、いじめなんてやらないことね!!」

呆然としている男の子たちに吐き捨てる。

魔力を使って逆行前の恨みを晴らしたわ。実に清々《すがすが》しい気分だ。

一人、ジーンと感動していると、誰かの足音が近づいてくるのが聞こえた。フッと振り返る。

そこにいたのは、光に当たって天使の輪が輝く黒髪、端整な顔立ちの、同じ年頃の少年。全身からあふれ出す気品、そしてなによりも特徴的だったのが、赤い瞳だった。

あっ、あぁぁぁぁぁぁぁぁああ!!

私はパクパクと口を開けた。そう、まるでエサを求める魚のように。

「騒がしいな」

凛《りん》とした声が庭園に響く。

周囲をグルッと見回したのは、レインハルト・バトラー。

彼こそがこの国の第一王子、私が決して出会うべきでない人!!

なんてことなの!!

まさかの出会いの衝撃で、気が遠くなった。細心の注意を払っていたはずなのに、怒りと恨みに任せて、しゃしゃり出てしまった。途中から王子のことなど頭からスコーンと抜けていた。

まずい、まずい状況だわ、これは……

心臓がドクドクと音を立て、早くこの場から退散せよと訴えている。

レインハルトはずぶ濡れになった男の子たちに視線を投げたあと、私を見た。

彼の赤い瞳に射抜かれた瞬間、搦《から》め捕《と》られたように動けなくなった。

「なにをしていたんだ?」

少し首を傾《かし》げるレインハルト。無視するわけにもいかない。

「……彼らがちょっと意地悪でしたので、お説教をしたのです」

正直に答えたあとでハッと気づく。

建国祭というおめでたい日に、王宮で騒ぎを起こすなど、処分を下されるかもしれない。

「そうか。だから先ほど、魔力を使って水を操《あやつ》ったのだな。なかなかやるじゃないか」

見てたんかい。

感心したようにつぶやくレインハルトにツッコミたくなる。

レインハルトはこの場で身分こそ明かしていないが、背後にはお付きの人が控えている。身分の高い人物だと皆が察しているだろう。それに彼の赤い瞳を見たら、一発で王族だとわかる。

だが、まだ気づいていないふりはできる。

押し通そう、私は目の前にいるレインハルトが王子だと知らないのだ。

「それはそうと、風邪をひく。早く着替えるといい」

レインハルトが視線を投げると、彼らはきまり悪そうにうつむいた。

「これに懲《こ》りたら意地悪などするなよ」

最後にチクリと刺すのも忘れなかった。男の子たちはそばにいた王宮の使用人に連れられ、すごすごと退散した。

そして、レインハルトは私と向き合った。

「さて――」

髪をかき上げる仕草にドキッとした。

「お前の名前はなんていうんだ？」

はいきた、これは嫌な結末へと向かう、前触れだよ。私の足がガクガクと震え始めた。まるで生まれたての小鹿のよう。どうやっても名乗りたくなくて、必死に頭を働かせる。

「あっ、当ててください」

「当てる？」

レインハルトは怪訝《けげん》な表情になる。だが私はゴリ押しする。

「ええ。簡単に名乗ってはつまらないでしょう？」

ニコッと笑顔でごまかした。背中は冷たい汗がダラダラと流れる。嫌だ、名乗りたくない。

レインハルトは顎《あご》に手を添え、考え込んでいる。今の隙に逃げ出してしまいたい。

「そうか。それもまた楽しいかもしれない」

レインハルトの顔がパアッと輝いた。しまった、逆効果だったか!!

そして彼はスッと手を差し出した。

「俺はレインハルト・バトラー。この国の第一王子だ」

うん、知ってる……!!

彼が名乗ったことで聞き耳を立てていた周囲がざわつき始めた。こうなるから嫌だったのだ。彼と一緒にいれば、嫌でも注目を浴びる。

できれば名乗ることなく、ここから退場したい。頬がひきつるが、必死に押し隠す。

「この建国祭の間にお前の名前を当ててみせるから」

どうやらレインハルトの興味を惹《ひ》いてしまったようだ。

屈託のない笑みを浮かべる彼を前に、気が遠くなった。

いよいよ建国祭が始まる。空には花火が打ちあがり、皆はバルコニーの下に移動する。

レインハルトはあれからすぐに庭園を去った。どうやら少し様子を見に来ただけらしかった。

去り際に見せた笑みに嫌な予感がする。

暗い顔をしていると、ハロルドが背中を小突いてきた。

「なに、暗い顔しているんだよ」

「お兄様……」

気を遣ってくれているのだろうが、私の心情は鬱々《うつうつ》としたままだ。

「ほら、これをやる」

ハロルドがスッと差し出したのは桃色の薔薇《ばら》だった。長めの茎をポキッと折り、私の髪に挿す。

「悪くないじゃないか」

「お兄様、まさか……庭園から勝手に折ってきたのですか？」

自然と顔が険しくなる。

「ち、違うし!!　庭師に頼んで一本もらったんだ!!」

返答を聞き、ホッとする。王宮にあるものはすべて王族のものだ。たとえ薔薇《ばら》一本でも勝手をすることは許されない。でもこれ、私をなぐさめようとしてくれたんだよね？

「そんな気にするなって。魔力を使って男たちを蹴散らしたことなんて」

ごめん、そっちはまったく気にしていないわ。

「だいたい、お前はあの子を庇《かば》ってやったんだろう？」

最初はそうだったけれど、最後のほうはほぼ私怨だったわ。私は力なく笑う。

「まったく、虫なんかで脅かそうとするなんて幼稚だな!!」

おい、人のことが言えるのか。前に私になにをしたのか、忘れたとは言わせない。

チラッと視線を投げると、ハロルドは目を逸らして咳ばらいする。

「まあ、相手はフランシス家の息子だったらしいな。俺からもあとで言っておくから」

ポンポンと頭を撫でられた。その手つきは今までになく優しい。

「だから報復とか心配するな。フランシス家が、ローレンス家に楯突くことなどできないのだから」

おや、ハロルドはどうやら私を励ましてくれているようだ。

目が合うと、ハロルドは少し照れくさそうに鼻をかいた。

そっか、そうだよね。

今回、同じ運命をたどるとは決まっていない。むしろ、前回とは王子との関係も変わる可能性があるわよね。現にハロルドとは距離が徐々に近づいているし。

さきほど会ったレインハルトは私の名前を当ててみせるとやたら張り切っていたが、建国祭中は忙しくてそれどころではないだろう。むしろ、今頃私のことなど忘れていてくれたらラッキーだ。

王が最上階のバルコニーから顔を出し、その隣に王妃が並ぶ。レインハルトも王族の一員としてバルコニーに出ている。人々の歓声が聞こえる。

これから舞踏会が始まる。

だが私はレインハルトに名前を呼ばれることなく、うまく逃げ切ってみせる!!

そう心に誓ったのだった。


音楽が流れ、着飾った人々が手を取り合って踊り始める。

広間が熱気でムンムンしている。大人たちは踊りや会話に夢中になっているが、子供からすれば退屈な場だ。もっともこれだけ人が多いのだから、レインハルトに気づかれることもあるまい。

ハロルドは学友と会ったのか、楽しそうにおしゃべりをしている。父もまた大勢の人々に囲まれていた。さて、私はどこで時間を潰そうかしら。

少し外の風に当たろうか。そのまま外で休んで時間を潰してもいいだろう。

そうだ、バルコニーから庭園に下りられる階段があったはず。そこから庭園に向かおう。

私はバルコニーへ続くガラス扉をそっと開けた。

するとそこには先客がいた。その人物がゆっくりと振り返る。

「また会ったたな」

私に優しく微笑みかける姿を見て、そのままパタンと扉を閉めたくなった。

レインハルトが一人、そこにたたずんでいたのだ。

な、なんでいるのよ!!

予期せぬ再会に、頬がひくついた。

「ちょうど良かった。また会いたいと思っていたんだ」

「えっ……」

フッと微笑みを浮かべるレインハルトは、まだ幼いながらも色気を感じさせる。

それに、誤解しそうになる発言はやめてほしい。だいたい、関わらないと誓った手前言いにくいが、レインハルトの顔立ちは整っていて、正直、私の理想の容姿そのものなのだ。

だから微笑みかけられるとクラッときてしまう。だが、それも命あってこそ。関わることで身の破滅を呼ぶならば、たとえ観賞用でも近寄るべきではない。

「その花……」

レインハルトはスッと指さした。

「ああ、これですか？」

さきほどハロルドからもらった薔薇《ばら》のことを言っているのだろう。

「よく似合っている。薔薇《ばら》が好きなのか？」

「ええ、まあ……そうですね」

私は一歩引いた態度で接することに決めた。だが相手は気にせず話しかけてくる。

「さっき、庭園で魔力を使っただろう。上手にコントロールしていたから驚いた」

レインハルトは腕を組み、私に視線を投げた。なんだか、私に対する興味がありありと浮かんでいる気がする。そんなにキラキラとした眼差しを向けないでほしい。なによ、逆行前は蔑《さげす》む視線ばかり投げていたくせに。

「普段から魔力について学んでいるのか？」

「いえ、これから学校に通うので本格的に学びたいと思っています」

「学校に？」

レインハルトが片眉を上げた。

「いつから通うんだ？」

「……半年後の春に入学します」

「じゃあ、俺たちは同い年ということだな」

ああ、余計なヒントを与えてしまった。どうか私の名前が彼に知られませんように。

レインハルトはニッと無邪気な笑みを浮かべた。

「お前も王国アカデミーに通うんだろう？」

あっ、そう来たか……!!　貴族たちは王国アカデミーに通うのが一般的だから、私が魔法学園に通うなど夢にも思わないだろう。これはチャンスだわ。

いいぞ、そのまま思い違いをしたままでいて。ずっと!!

それまで仏頂面で対応していたが、私はその時初めてニコッと微笑んだ。

否定も肯定もせず、曖昧《あいまい》な仕草でこの場を逃げ切る。あとから責められたとしても、私は嘘をついていない。そっちが勝手に勘違いしたのだ。

「俺も春から通うつもりだ。剣を学びたいと思っている。同じ学年なら、お互いがいい刺激になるといいな」

「ははは……」

熱く語るレインハルトに乾いた笑いが出る。この人、王国アカデミーに通うことを本当に楽しみにしているんだ。そっか、今までは王族として大人に囲まれていたから、同じ年頃の子供が集まり、ともに学べることが嬉しくて仕方ないのだろう。

――まっ、その中に私はいないけどな。

だからこそ、この建国祭での出会いが、レインハルトとの最初で最後の邂逅《かいこう》になる。

ここが運命の分岐点となるのだ。つまり、もう会わない。

そう思うと、ほんのちょっぴり罪悪感を覚えて胸がチクリと痛んだ。

嘘をついたつもりはないが、彼は私が王国アカデミーに通うと信じて疑っていないのだ。

……まあ、どうせ今回が最後だし、少しぐらい優しくしてやってもいいかしら？

私はなぜか上から目線で考えた。相手はこの国の王子なのに失礼すぎるが、それはおいといて。

「私は魔力を学びたいと思っています」

いきなり自分語りを始めた私に、レインハルトは耳を傾けた。

「ずっと自分には無理だと思ってあきらめていたし、卑屈になってもいました。だけど、いろいろあって自分の身は自分で守らないと、誰も助けてくれないと学んだので、その経験を生かそうと思っています」

レインハルトの目をまっすぐに見つめる。いわば決意表明だ。

「そうか、頑張ろうな」

レインハルトも熱意を込めた目で私を見つめ、唇をギュッと引きしめた。

「はい、頑張ります」

――お互い、学ぶ場所は違うけどね!!

心の中でそっと別れを告げる。

さようなら、レインハルト。昔は大好きで恋い焦《こ》がれて、苦しいばかりだった。久々に会ったあなたは、相変わらず素敵だったけれど、もう好きになることはないと誓うわ。

私は別の道を進む。あなたは王国アカデミーに通えば、のちに聖女の力に目覚めるエミーリアに出会えるはずよ。どうぞ聖女と仲良くやってちょうだい。そして幸せになりましょうね、お互いに。

最後に微笑みかけた時、ガラス扉が開いた。

「レインハルト王子、ここにいらしたのですか」

捜していたのだろう、従者はレインハルトを視界に入れると、ホッとした表情を浮かべる。

「ああ、風に当たりたかったんだ。すぐ戻る」

レインハルトは名残惜しそうに私に視線を投げた。

「名前はまだ――教えてくれないか?」

潤んだ瞳で見つめられ、グッと言葉に詰まる。

この出会いが最後だから教えてもいいかと一瞬考えたが、いやいや、やめておいたほうがいいに決まっている。気の緩みが今後どう作用するのか、わからない。

「ええ。当ててくださると約束しましたので。その代わり、期間を延長しましょう」

私の申し出にレインハルトは瞳を輝かせた。

「次回までに私の名前を当ててください」

「次に会う時……学園に入学する半年後か。わかった、それまでに必ず当ててやるからな、待ってろ」

自信ありげにニッと笑みを浮かべるレインハルトに、多少良心が痛んだが、仕方ない。

波風立てずに別れるのが一番なのだ。

＊＊＊

建国祭終了後、私はなるべく部屋の外に出て過ごすようにした。

逆行前と違った生活をするように心がけたのだ。

時間があれば図書室で借りた本を読み、晴れた日は必ず外に出て太陽の光を浴びるように努めた。

そして魔力について学びたいと、父に頼み込んで家庭教師をつけてもらった。

今ではもう、私のことをバカにするメイドはいない。

「最近、レイテシア様は変わられたわよね」

「以前は表情も暗かったけれど、今は堂々としているわよね。まるで別人よ」

メイドたちの雑談が耳に入ったが、彼女たちの目から見ても私は変わったらしい。

あとなにより変化したことがある。それは――

「ほら、ここ方程式が違うぞ」

ハロルドが羽根ペンを手にして私の間違いを指摘する。

「あっ、本当ですわ」

なんとハロルドから勉強を教わっているのだ。多少口は悪いけれど、なかなか彼は面倒見がいい。

「だが、これだけできれば十分だろう。王国アカデミーでも、ここまでの問題を解ける奴は数えるぐらいしかいないだろうな」

ハロルドも満足そうだ。

「その件なのですが、お兄様――」

「なんだよ、お前の気持ちは変わらないって言いたいんだろ？」

私はうなずいた。魔法学園に通いたいと、そろそろ父にも話をしないといけない時期だ。

王国アカデミーに通う方向で父が準備を進めていたら困る。

「今日あたり父上に話をしたほうが、いいんじゃないか？　来月には王国アカデミーの体験入学があるし」

もちろん、王国アカデミーの体験入学には行かないつもりだ。だがこのままでは強制連行されてしまう。早く父に言わなくてはいけないとわかってはいるのだが、正直、どんな反応が返ってくるのか想像がつかない。だって貴族は王国アカデミーに通うのが一般的だからだ。

だが、譲れないところだ、ここは。

今夜にでも父に相談してみようと決意した。

その日、いつものように夕食を取り終えた。父はワイングラスを傾けている。言うなら今だ。

「お父様、お話があるのですが……」

おずおずと切り出した私に視線を投げ、父はワイングラスを回す。私の話に耳を傾けているようだ。緊張からか汗ばむ手をギュッと握りしめた。

しっかりするのよ、ちゃんとお願いしなければいけないのだから。

ハロルドが見守る中、まっすぐに顔を上げ、父を見つめる。

「私は春から王国アカデミーではなく、魔法学園に通いたいと思っています」

「なぜだ」

間髪をいれずに父から問われた。その視線は鋭い。

「魔法学園は私にとって魅力的なのです」

背筋を伸ばし、はっきりと意見を述べる。

「まず、魔法学園は自然に囲まれた場所に位置します。私が今後学びたいと思っているのは、主に薬草について。森が近くにあることは薬草の採取において大変大きなポイントです。そして魔力を扱えるようになって、薬草と掛け合わせてポーションを作れる薬草士の資格が取りたいのです。魔法学園には薬草士の資格を持っている著名な先生がいらっしゃいます」

すらすらと淀《よど》みなく答える。最初は王子と聖女と出会う王国アカデミーは絶対嫌だからと消去法で選んだ魔法学園だったが、調べていくうちに楽しみになっていた。

「それは王国アカデミーでは学べないことなのか?」

父はゆったりと椅子の背に寄りかかると、私をじっと見つめた。

「はい。なので魔法学園に通いたいです」

はっきり告げると父は小さくうなずいた。

「好きにするといい」

えっ、本当に⁉

想像していたよりもずっとあっさり認めてくれたので、驚いて前のめりになった。

「いいのですか⁉」

「ああ。学ぶ気持ちがあれば、どこに通おうと同じだ」

父はワイングラスに口をつけた。

私はじわじわと喜びが込み上げてきて、じっとしていられない。

「ありがとうございます、お父様」

椅子から飛び下りて、ペコンと頭を下げる。そんな私を、父はじっと見つめている。

「あの……」

なにか言いたげだったので、父の言葉を静かに待つ。

「もう一度言ってみてくれないか？」

「なにをですか？」

キョトンとして首を傾《かし》げた。

「さっきの言葉だ」

えっと、私が言ったのは――

「ありがとうございます、お父様!!」

これでいいのか？　もしや、さっきは聞こえなかったとか？

「グホッ!!」

父は胸をグッと押さえ、前のめりになって苦しげな顔を見せた。

えっ、いったいどうしたの!?

「父上!?　大丈夫ですか!!」

ハロルドが椅子から立ち上がり、父の背中をさする。

「お、お父様、どうなされたのですか？」

私もオロオロしてしまう。もしや病気か？

「ぐっ……心配するな」

父はスッと片手を上げ、私たちを制する。

「レイテシアがあまりにも可愛すぎて、胸が苦しくなった。あやうく吐血するところだった」

は？　今、なんておっしゃいました？　可愛い？　私が？

あっけに取られて父を見る。ハロルドも目をパチパチと瞬《またた》かせている。

だが、そうこうするうちに、いつもの冷静な父に戻った。

「ハロルドは少し残るように」

「はい」

どうやら父はハロルドに話があるようだ。私は二人を残して先に退室した。


自分の部屋に戻り、扉を閉めた瞬間、喜びが炸裂《さくれつ》した。

やった、やったわ、魔法学園に入学できるなら断罪は回避できたも同然だわ!!

嬉しさのあまり、ベッドにダイブした。クッションをギュッと抱きしめる。笑いが止まらない。

魔法学園に入学したら――薬草をたくさん採取して、わからない種類は図鑑で調べよう。そして魔力を込めたポーションを作る練習もしないと。毒消し草も作ってみたいわ。

私は期待に胸を膨《ふく》らませた。

第二章　魔法学園へ！

そして十二歳を迎え、晴れ晴れしい気持ちで迎えた入学式。私は魔法学園の前に降り立った。まるで私の心を反映したような、雲一つない晴天。空を舞う小鳥たちも、今日の門出を祝ってくれているんじゃないのかしら。

制服はチェックのプリーツスカートで、首元を飾るリボンが可愛らしい。上着の胸元のポケットに校章の刺繍《ししゅう》が入っている、素敵なデザインだ。

馬車停めからまっすぐ歩いた先にあるのが学園だ。私と同じく今日、入学するのだろう、緊張した面持ちの生徒たちがチラホラと視界に入る。逆行前は友達なんていなかった。レインハルトに夢中で友人なんていらないとすら、思っていた。けれど、この学園生活で友人はできるかしら？

ワクワクしつつ進み、やがて門にたどりついた。そこに人が集まっていることに気づく。

門にもたれ、腕を組んでいる人物が視界に入る。どうやら、その人物が人々の視線を集めているようだ。特に女子生徒が熱い視線を送っている。

ん？　どこかで見たことがあるような……

目を凝《こ》らしながら近づくと、相手もこちらを見た。その人物が、よおっと片手を上げる。

「遅かったな」

「お、お兄様？　どうなさったのですか⁉」

私は目を白黒させた。王国アカデミーに通っているハロルドが、なぜここにいるのだろう。

そこでふと違和感を持つ。

「お兄様、それって……」

私が指さしたのは、彼が着ている制服だった。チェックのパンツ、上着の胸元には魔法学園の校章が刺繍《ししゅう》されている。

「ん？　ああ――俺って、なにを着ても似合うだろう？」

どや顔で胸を張るが、そういうことじゃないから‼　問題は――

「なぜ、魔法学園の制服をお兄様が着ているのですか⁉」

「ああ、転入したんだ」

「聞いていませんけど‼」

「ああ、驚くと思って内緒にしていたんだ。びっくりしたか？」

そこは黙っておくことじゃないでしょ‼

いたずらが成功したことを喜ぶように、満面の笑みを浮かべるハロルド。

「そもそもなぜ転入したのですか。王国アカデミーにはご友人がたくさんいらっしゃるじゃないですか」

まさかの行動に驚きを隠せない。王国アカデミーでの生活を満喫していたじゃないか‼

「あー、それはだなぁ」

ハロルドは途端にしどろもどろになった。

「たまには田舎もいいだろう。空気も澄んでいるし」

怪しい。なにかを企《たくら》んでいるのではないだろうか。こういう突拍子もない行動を取り、私を驚かすことが多々あるハロルド。

私がじとーっと見ていると、逃げられないと思ったのかハロルドは観念したようだ。

「なにかあったら、お前どうするんだ？　困るだろう」

「たとえば？」

「周囲に馴染《なじ》めるかもわからないだろう。最悪、いじめられたりとか。お前一人じゃ、危なっかしいだろうが!!」

一気にまくしたてるハロルドに、きょとんとした。

「だいたいな、ここ半年ほどは違うけれど、その前のお前はひどかったからな。俺にちょっとなにか言われたらめそめそ泣いて。『どうせ私なんて誰からも愛されていない』が口癖で、部屋に閉じこもる。学園に通い始めて環境が変わったことで、またそうならないとも限らないだろう」

逆行前の私のことを言っているのだ。前回の自分のネガティブぶりに、頭がクラクラした。

でもね、ハロルド。私は単純に部屋に閉じこもっていただけじゃないのだ。相手に復讐《ふくしゅう》する方法を考えたり、不幸に落とす呪いの道具についての本を読み漁《あさ》ったりしていた。復讐《ふくしゅう》に燃えていたのだ。

もちろん、当時はハロルドの顔を思い浮かべていた。何体呪いの人形を作ったか覚えてないわ。

だが、そんなこと口にできやしない。

「それって、私が心配だからですの？」

「っ!! 当たり前だろう!!」

開き直ったハロルドが真っ赤な顔で認めた。

「ふふっ」

笑いが込み上げた。

「では、誰かに蛇を投げられたら、すぐにお兄様に言いつけますね」

「蛇……お前、相変わらずそのネタ好きだな」

ハロルドのほうこそ呆れてはいるが、笑っている。

「ですがお父様はなんとおっしゃっていました？ 二人も魔法学園に通うとなると、さすがに苦言を呈されたのでは？」

「いや、この件は父上から話が出た」

「えっ!?」

驚いて瞬《まばた》きを繰り返す。

「むしろ強制だ。『ハロルドも転入しろ、手続きはすべてやっておく』なんて言われちゃ、逆らえるわけないだろうが!!」

お父様、私のことを考えてくれていたんだ。胸の奥が温かくなる。

「話がいきなりすぎるから驚いていたら、『お前はレイテシアが心配ではないのか!!』と鬼の形相で叱責されたんだぞ」

「まあ、それは大変でしたわね」

だがハロルドのほうこそ環境が変わって大丈夫なのだろうか。

私の心配を察したのだろう、ハロルドは私の頭をクシャッと撫でた。

「まあ、仕方ないからお前のそばにいてやるよ。誰かにいじめられたらすぐに言うんだぞ」

そう言って髪がぐしゃぐしゃになるまで私を撫で繰り回す。

面倒くさそうに言っているけれど、台詞《せりふ》と反してハロルドは嬉しそうだ。

父もハロルドもすごく優しい。二人のためにも、断罪されるわけにはいかないのだ、絶対。

私はこの魔法学園で平凡な生活を手に入れてみせる。


時間になり入学式が始まる。

広い講堂の前方に並べられた椅子に新入生が座り、後方は在校生の席だ。

期待に胸を膨《ふく》らませ、椅子に腰かける。周囲を見回すと、真新しい制服に身を包み、緊張した面持ちで座っている新入生たち。男女比は同じぐらいだ。この中で友人ができるだろうか。

やがて学園長の挨拶から式が始まった。

「次は、新入生代表の誓い」

魔法学園に入学する際、テストを受けた。そのテストでトップだった場合、新入生代表として挨拶をするということも聞いた。テストは結構手ごたえがあったので、このまま私がトップ入学になっちゃうんじゃない？　なんて思ったが、うぬぼれだったようだ。待てど暮らせど、代表の挨拶の依頼は来なかった。正直悔しい。

まあ、上には上がいるってことだ。でもそれはそれで、学びがいがあるじゃない。

講堂の中央には赤いカーペットが敷かれている。きっとここを歩いてくるのだ。

後方から扉の開く音が響く。

「代表生徒、入場」

司会の凛《りん》とした声が響く。どうやら代表生徒は新入生とは別の場所にいたらしい。

さて、どんな子が代表なのか、顔を見てやろうじゃない。男子かな？　女子かしら？

私のライバルになるかもしれないのだから、楽しみだわ。

私の席は一番前の列の、通路のすぐ脇だ。やったわ、ここからなら間近で顔を拝める。

足音が徐々に近づいてくる。やがて私の真横でそれがピタリと止まる。

私は顔をそっと横に向け、うつむき加減でのぞき見た。

黒い靴とズボンが見える。……ということは男子ってことね。

好奇心を堪え切れず、徐々に顔を上げる。

サラサラとした黒髪、キリッとした端整な横顔。まっすぐで揺るぎない視線は壇上に向けられている。その瞳は情熱を灯《とも》す赤色――

えっ……!!　嘘でしょ!!

衝撃で息が止まるかと思った。心臓が早鐘を打つ。目を見開き、唇がわなないた。

彼はゆっくりと壇上に向かい、演台に立つ。静かに周囲を見渡した。

きっと似ているだけよ、彼のわけがない!!

私は震える手をギュッと握りしめた。

「我々は本日、伝統ある魔法学園の一員として入学を迎えました。これからの三年間、たくさんのことを学び、吸収し、立派に卒業することを誓います」

彼は淀《よど》みなく言葉を紡ぐ。その姿は堂々として、大勢の視線を一身に受けても揺らぐことはなかった。

「新入生代表、レインハルト・バトラー」

その名を聞いた時、目の前が真っ暗になった。周囲もざわめき始める。

背中を嫌な汗が流れる。うつむき、両手で頭を抱える。

ちょっと待って、なんで彼がここにいるのよ!! 聞いていないってーの!!

「静粛《せいしゅく》に。式の途中です」

進行役の教師の声が響く。

ま、まずは落ち着くのよ、私!! この学園は広いし、新入生だって大勢いるんだから、私の存在に気づかないかもしれないじゃない。

自分に言い聞かせ、深く息を吸い込み、恐る恐る顔を上げた。その時、パチリと目が合った。壇上の彼と――

一瞬、相手は驚いたように目を丸くした。そしてすぐに瞳を輝かせ、口の端を上げて微笑む。

お、終わったー!! もう見つかってしまったじゃないか!!

なんであなたが魔法学園に入学しているのよ!! 行きなさいよ、王国アカデミーに。せっかく運命から逃れられたと思ったのに、私の計画が振り出しに戻ったじゃない。

い、今から私のほうが転校していいですかね? 王国アカデミーに。

さきほどまでの晴れ晴れしい気分が一変、絶望に変わった瞬間だった。


その後、どうやって講堂から出たのか記憶にない。

フラフラになりながら人の流れにのり、そのままクラス分けが貼られた掲示板の前まで来た。

掲示板に皆が群がっているが、もうどうでもよかった。

「おい、どうしたんだよ」

肩をグッとつかまれて我に返る。そこには心配そうにこちらをのぞき込むハロルドの姿があった。

「さっきから話しかけても上の空だし。具合でも悪いのか?」

いいえ、不測の事態に頭がついていかないだけです。

「クラス、どこだった?」

「さぁ……どこでしょう」

遠い目をして答える。ハロルドは呆れたように肩をすくめた。

「まったく、仕方ない奴だな」

つぶやいて私に背を向けると、掲示板にスタスタと近づく。すぐさま戻ってきてグイッと顎《あご》で示した。

「お前の教室は三階だ。ほら、行くぞ」

ハロルドは私の手首をグッとつかみ、歩き出す。

「まったく、ここまできて、緊張しているとか言うなよ。お前らしくない。あれだけ入学を待ちわびていたじゃないか」

ハロルドの言葉に我に返った。

そうよ、私はこの魔法学園に入学したくて頑張った。勉強し、周囲に根回しもして、やっとこぎつけた。それもすべて破滅を回避するため、つまりレインハルトと繋がりを切るためだったのに!!

なぜレインハルトがこの学園に入学しているわけ? あなたは王太子なんだから。なにをどうしたら田舎の魔法学園に通うことになるのか、私にはさっぱり見当がつかない。

大人しく王国アカデミーに通って、そこで聖女と出会って仲良くやっていればいいのに!!

怒りにも似た感情がフツフツと込み上げる。

だが、レインハルトと必要以上に関わらなければ、まだ未来はわからない。そうよ、あきらめるには早い。

しっかりするのよ、レイテシア。いくら予想外だったといっても、まだ結末は決まっていない!!

ハロルドに手を引かれながら、拳をギュッと握りしめる。

やがて教室の入り口にたどり着いた。プレートにはクラス名が表記されている。

ハロルドはパッと手を離すと、私と向き合った。

「……お前、いきなり、知り合いもいない学園に来て不安なんだろう」

「へっ……」

急にハロルドが神妙な声を出してきた。私は驚いて目をパチパチと瞬《またた》かせる。

「大丈夫だ。お前には俺がついている」

両肩をガシッとつかみ、顔をのぞき込むハロルド。

私のことを元気づけようとしてくれている……？

じっと見ていると、ハロルドはきまり悪そうに視線を逸らした。

「と、とにかくだな。お前をいじめる奴がいたら俺に言えよ」

「お兄様……」

そうだ、逆行前はハロルドから、こんな優しい言葉をかけられたことはなかった。つまり、レインハルトとの関係だって、今後どう変えていくのかは自分次第ということだ。

関わりたくなければ避けて通ればいいだけのこと。

以前のように彼にべったり張り付いたりしない!!　彼の私室に忍び込んだりもしないもの!!

「ありがとう、お兄様」

ハロルドの言葉で、すごく勇気が出た。そうよね、私の学園生活はまだ始まったばかり。私はもう以前のレイテシアじゃない。

背筋を伸ばし、顔を上げる。

「お兄様、私はいじめられたら自分の手で撃退しますわ。けれど、どうしても手に負えない相手でしたら、その時はお兄様が、蛇を投げつけてやってくださいませ」

「ああ、何匹でも投げてやる」

ハロルドは肩を揺らして笑う。

「なんだか元気が出たみたいだな。さっきまで死にそうな顔をしていたぞ」

「今、生気を取り戻しましたわ」

「よし、じゃあ、行ってこい。頑張ってこいよ」

「ええ」

ハロルドに見送られ、教室へと一歩、踏み出した。


ここが、私の学ぶ教室なのね。

机と椅子がずらりと並んでいる。よく見ると机には名前の書かれたプレートが貼ってある。自分の名前のある席に座れということだろう。

プレートを一つずつ確認する。私の席は後ろの窓際の席だった。

やった、いい席だわ。大きな窓から景色は見えるし、黒板もよく見える。外には森林が広がっている。今後は校外授業であの森に薬草を探しに行ったりするのだろうか。

期待に胸を膨《ふく》らませながら、景色を眺めていたその時、隣から椅子を引く音が聞こえた。

ああ、隣にも人が来たらしい。仲良くなれるかしら。

パッと顔を向けた瞬間、笑顔が凍り付いた。

げっ!!

そこにいたのはサラサラとした黒髪と、赤い瞳のレインハルト・バトラーだった。

ま、まさかの同じクラス……!!　しかもよりによって、隣の席!?

反射的に顔を勢いよく背けてしまう。

神様、どうしても彼に私を断罪させたいのですか。

先ほど立ち向かうと決めたばかりの運命だったが、ここまでくると呪われているとしか思えない。涙が出そうだ。

「久しぶりだな」

低い声がかけられ、おずおずと顔を向ける。レインハルトは笑みを浮かべている。

「……なんでいるの」

思わず聞いてしまう。不躾《ぶしつけ》な質問に、レインハルトは目をパチクリとさせた。

「あなたの立場なら、王国アカデミーに通うのが普通じゃない。いったい、どういうこと?」

「失礼だぞ、貴様!!」

背後から怒声が聞こえ、振り返る。そこにいたのは黒髪に黒ぶちのメガネをかけた、背が高いひょろっとした男子生徒。彼はメガネの中央をクイッと指で押す。

「レインハルト様になんたる口をきくのだ!!」

誰、この人……

急に現れた人物は、ギャーギャーわめいている。

「やめろ、デミアン」

レインハルトの低い声にデミアンと呼ばれた生徒はハッと我に返ったようだ。

「失礼しました」

ガバッと頭を下げるデミアンに、レインハルトはため息をつく。

「紹介しよう。彼はデミアン。俺の側近だ」

わざわざお付きの者を連れてまで、この学園に通うのか。ますます彼の考えが読めない。

「俺の立場だからこそ、この学園を選んだんだ」

首を傾《かし》げる私に、レインハルトは続ける。

「この学園は貴族だけではなく、様々な身分の人々と接する機会があるだろう。王国アカデミーで貴族だけと繋がりを持つより、貴重な体験ができるはずだ」

予想外の返答に、唸《うな》った。確かにレインハルトの立場上、大人になれば嫌でも貴族としか付き合わなくなるだろう。だけど、一国の王太子がたった一人の供をつけただけで、こんな庶民的な学校に通うなんて。なにかあった場合、対処できるのだろうか。

チラッと見ると、デミアンと目が合った。彼はメガネの中央をまたもやクイッと指で押す。

「なにか？　私がレインハルト様の側近であることに不満でも？」

考えを見透かされたようだ。内心ギクッとする。

「私の喜びはレインハルト様のおそばにいること!!　この命をかけて尽くす、それこそが私の生まれ持った使命!!」

また暑苦しいのが来たわね。彼は逆行前にはいなかった。いたら絶対に忘れない、こんなに濃い人物。レインハルトが魔法学園に来たことで、運命が変わったのだろうか。

「それよりも――」

レインハルトは私の顔をじっとのぞき込む。

「レイテシア・ローレンス」

「えっ？」

急に名前を呼ばれたので驚いた。彼はいたずらが成功したような顔で微笑んだ。

「お前の名前、次に会う時までに当てる約束だっただろう？」

「どうして……」

どこで私の名前を知ったのだろう。心臓がドクドクと音を立て始める。

「新入生名簿の一覧にローレンス家の名前があった。ローレンス家は名門侯爵家。まさかと思ったが、式でお前を見かけて間違いないと確信した」

なに、その推理。鋭すぎてぐうの音も出ない。

「それで、貴族が入学する王国アカデミーに通わずに、どうしてここに入学したんだ？　レイテシア」

しかも同じ質問を返されたー!!

にっこりと微笑むレインハルト。

あなたから逃げたくてこの魔法学園を選んだの。だけど、なぜか同じ学園、よりによって同じクラスに隣の席。

「なんだか、俺たち、こんなところで会うなんて、運命を感じないか？」

ちょっとやめてよ、運命なんてあなたの口から聞かされると、背中がぞわぞわするんですけど。私は運命を変えたくて必死なんだから!!

とはいえ、ちょっと頬を染めるレインハルトを前に、自分の思惑とは全然別の方向に作用しているんですとは、口が裂けても言えなかった。

当然、レインハルトは周囲の注目を集めていた。だが、チラチラと視線を投げるだけで、誰も話しかけようとしない。彼はこの国の王太子なのだから、こういった反応は当たり前だろう。そのせいで私たちの教室は異様な緊張感が漂っている。

やがて教師が入室し、皆が自己紹介をすることとなった。席の端から順番にやっていき、ついにレインハルトの番になる。

「入学式でも挨拶をしたが、レインハルト・バトラーだ。ここでは身分という垣根を越えて、皆と仲良くしたいと思っている。敬語など堅苦しいことは抜きにして、一個人として付き合ってくれたら嬉しい」

笑顔で堂々と挨拶をするが、クラスメイトたちは、完全に気圧《けお》されている。そりゃそうだ。

やがて私の番になる。

「レイテシア・ローレンスです。この学園では薬草について学びたいと思っています。よろしくお願いします」

月並みな挨拶をし、ぺこりと頭を下げて着席する。

「なぁ、お前、薬草士でも目指すのか？」

レインハルトが尋ねてくる。

「そうだけど。この学園は薬草士を多く輩出していると聞いたから」

そうよ、私は運命を回避するためだけでなく、己の力を最大限に伸ばすために、この学園に来た。

力をつければ、ある程度は自分の身になにが起きても対処できるはず。

まずは、このクラス、いや、学年のトップを狙うのだ。

そのためには、レインハルトにだって負けてなどいられない。

「俺も負けていられないな」

レインハルトが言う。トップ入学がなにを言いますか。けど、見ていなさいよ。その座を奪ってやるわ。

「言っておくけど、私も負けないから」

宣言すると、レインハルトは一瞬、おや、という顔をした。

なによ、私ごときがレインハルトに宣戦布告をしたのが面白かったの？

「そうか。お互いがいい刺激になるといいな」

満面の笑みを見せたレインハルト。美形の笑みに当てられて、一瞬胸がドキリとした。慌てて視線を逸らす。

いけない、いけない。彼の笑顔に惹《ひ》かれて、逆行前の二の舞になるなんてごめんだわ。今世では、恋愛もメンヘラも封印すると決めたんだから。暗い塔に閉じ込められて一生を終えるなんて、もう二度とやりたくない。

やがて自己紹介も最後の生徒の番になった。その男子生徒は髪がボサボサで、前髪も長い。おまけに制服はダボダボでどう見てもサイズが合っていない。誰かのお下がりなのだろうか。

「ロン・フランクスです。よろしくお願いします」

えっ……!?

抑揚のない声で言われた彼の名前を聞き、驚いて声が出そうになった。

ロン・フランクス。のちに彼は稀代《きたい》の発明家と呼ばれる。

私も名前だけは聞いたことがあったが、逆行前には接点はなかった。

彼は確かあまり裕福でない、庶民の子だくさん家庭の出だった。才能はあったが出資してくれる貴族がなかなか見つからず、その才能が認められたのは、私が塔に幽閉される少し前だったはず。

彼は魔石を入れただけで、あっという間にたくさんの服が洗濯できる箱や、ほうきの代わりに、ゴミを吸い込む道具を発明した。主に彼のような庶民の家庭環境で役立つ、便利な発明品を次々と発表していた。それがある貴族の目に留まり、もっと大掛かりな発明を手掛けるようになったんだっけ。

こんなところにいたのね……!!

彼と出会えたことが幸運に思えた。素晴らしい才能の持ち主だもの。その才能が開花するのをお手伝いしたい。そしてあわよくば、私にとって有益な発明品を作ってくれないかしら。

これぞまさに青田買い。

私、誰よりも早く彼に出資するわ。そして早く才能を開花させてもらわないと‼

一通り自己紹介が終わり、教師は手を叩いた。

「さあ、それでは皆さん。ここから先はオリエンテーションの時間です。各自、自由に新しい友人と交流を深めましょう」

ニコニコと笑顔を向けてくる教師だが、いきなり知らない人と仲良くなれというのは、今までの私の人生から考えるとそう簡単ではない。逆行前は友人など一人もいなかった。

だけど今世ではそうも言っていられない。私は自分で運命を切り開くと決めたのだから。

教師の言葉を聞き終え、まっさきに席を立ったのは私だった。スタスタと歩き、お目当ての人物に向かって一直線に進む。相手は口をポカンと開け、私が近づくのを見ていた。

「こんにちは、ロン」

そばに立ち、にっこりと微笑む。ロンは口をパクパクとさせた。

「えっ、えぇと、こ、こんにちは」

あきらかに引いている。いきなり初対面の私が近づいてきたのだから、この反応は当たり前だろう。そこで私はなるべく優しい声を出すように努める。

「あなたの趣味や特技はなに？」

「えっ……」

いきなり切り出した私に、相手は困惑の表情を浮かべる。

「は、発明すること……」

消え入りそうな声で発した言葉を聞き、感激して両手を叩く。

やった!! やはりあの天才発明家のロンで間違いない!!

「すごいわ、どんなものを作っているの?」

私の行動を見て、周囲の皆も動き出した。友人を作るのにおくれをとってはいけないと思ったのだろう。ちょうどロンの隣の席が空いたので、私はそこへ座る。

「えっ、ええっと……」

ロンはモジモジと手を動かし、落ち着かない様子であちこちを見ている。返答をじっと待っていると、急に勢いよく顔を上げた。

「魔石を入れたらクルクルと回り出して風を送る機械とか、あとは自動で掃除してくれるほうきとか。まだ試作段階だけど」

「すごいわね!」

「そ、そうかな」

ロンは恥ずかしそうに頬を真っ赤にしてうつむいた。

今はまだ小さな芽だけど、将来必ずその才能は花開くはず!

「ええ、私個人として出資したいぐらい」

ロンは驚き、肩を揺らす。

「そ、そりゃあ、とてもありがたい申し出だけど……。でもどうして……」

「あなたは絶対、将来大物になる!!　私にはわかるの。その才能が早く花開くためにお手伝いできることといったら、出資ぐらいだわ」

立ち上がり、彼の両肩に手を添え、力を込めた。

「だからその代わり、いい発明品ができたらまっさきに教えてちょうだい。それが約束できるのなら支援者になるわ、私が!!」

出資といっても、私のお小遣いでできる範囲だが。

ロンは戸惑いながらも、コクコクと大きくうなずいた。

「が、頑張ります!!　ご主人様」

「その呼び方はやめて。レイテシアでいいから。あと敬語もいらないわ」

よし、これで青田買い成功。出資者になればやがてロンの発明品を独占できる日が来るだろう。

満足して周囲を見回すと、皆がそれぞれ輪になって談笑している。どうやら友達作りに必死のようだ。そんな中、一人ぽつんと席に座っている人物がいる。

レインハルトだ。

普通の人なら恐れ多くて、友達になろうなどと自分から話しかけることはできないだろう。彼自身も自分から進んで声をかけるわけでもなく、頬杖《ほおづえ》をつき、窓の外を眺めている。

自分から歩み寄っても、相手が委縮《いしゅく》してしまうと考えているのかもしれない。

そう思うと、ほんのちょっとだけかわいそうに思えた。

でも、ダメよ。私が仲良くする理由なんてないわ。彼は聖女と一緒になって、私を断罪したのだから。

大きく首を横に振る。だけど、このクラスで浮いている存在なので、気になってしまう。

ああ、もう、仕方ないわね。

「行こう、ロン」

「えっ……」

ロンの手をグッと取り、引っ張り上げた。ロンは困惑しつつも、私に手を引かれるままついてくる。スタスタと歩き、外を眺めているレインハルトの前に立った。

「ねぇ、こっちはロン」

顎《あご》でクイッとロンを示す。

「発明が得意なんだって。あなたは？　なにが得意なの？」

ぶっきらぼうな質問にレインハルトはあっけに取られたようだ。口を少し開け、私を凝視した。

だがやがて、小さく微笑む。

「俺は剣術が得意かな」

「そうなの。それに新入生代表になるぐらいだから、勉強も得意みたいね。でも、次は私が一位になるから!!」

いきなり宣戦布告をする私に、あっけに取られるロンとレインハルト。

「くっ、ははっ……」

急にレインハルトが声を上げて笑い出した。思わず目が釘付けになるほどの、爽《さわ》やかな笑顔。

「そうか。俺も負けない。よろしくな、レイテシア、ロン」

レインハルトはスッと手を差し出した。私は迷わずその手を取り、強く握りしめる。

「ええ、真剣勝負よ」

逆行前の恨み、せめて勉強で晴らしてみせる。私に負けて、悔しがる泣きっ面が見たい。

縁をぶっつり切りたいと思って魔法学園に入学することを選んだ。だけど、なぜか再会した。

だったらもう、ここで彼を見返し、逆行前の私じゃないと証明するしかない。

彼の目をじっと見つめつつ、同じ運命をたどることは絶対にしないと誓った。

＊＊＊

入学して三年、私は十五歳になった。

あれから勉強を必死に頑張った。薬草作りも得意になったし、目標としている薬草士にも近づいてきた。逆行前はすでに決まっていた婚約も、今世では一度も話が出ていない。

『仮に私に婚約話がきても、考えられません。まだまだお父様と一緒にいたいです!!』

事あるごとにそう父にアピールしていたおかげかもしれない。

三年間通った魔法学園も、あと数ヶ月で卒業する。

教室に入る前に掲示板の前へ行く。息をスッと吸い込み、人の波をかき分け、顔を上げる。

今日は先週おこなわれた定期試験の順位発表だ。手ごたえは、いつも以上にあった。

緊張しながらも顔を上げ、成績が発表される掲示板を見つめる。

五位、四位――視線を徐々に上げる。

ああ、今回こそ……!!

祈るような気持ちで見ていると、自分の名前が視界に飛び込んできた。

二位　レイテシア・ローレンス。

がっくりと肩を落とす。一位は見なくてもわかっている。また負けた……

「わー、すごいや、レイテシア。成績優秀者、常連だね」

いつの間にか隣に来ていたロンが無邪気な笑顔を向けてくる。私はキッと鋭い眼差しを返した。

「どこが!?　また二位だわ。あなたも笑っているんでしょ、万年二位のレイテシアだって!!」

八つ当たりだと自分でも理解している。だがロンは微笑みを崩さない。

「じゃあ、僕の成績を見てよ。ほら、最後から数えたほうが早い」

確かにロンはビリ争いの常連だ。日頃、発明に夢中になり、勉強をおろそかにしているからだ。

悔しくて唇を噛みしめていると、いきなり頭がポンと叩かれた。

「また、俺の勝ちだな」

この声は……!!

「ちょっと、頭に手をのせないでくれるかしら？」

横目でレインハルトをにらんだ。

「ああ、手を置くのにちょうどいい場所だったからな」

肩を揺らして笑うレインハルトが憎たらしい。クルッと振り返り、彼と向き合う。

「また次回頑張ればいいだけだし」

「その台詞《せりふ》、毎回言ってないか？」

「次の試験では絶対負けないし!!　見ていなさいよ」

指を突きつけ宣言すると、レインハルトは腹を抱えて笑い出す。

「その台詞《せりふ》もお決まりだな」

悔しくなり、ぐぬぬぬと肩を怒らせ唇を噛みしめる。

「ああ、おめでとうございます、レインハルト様。当然の結果ですね」

その横からスッと顔を出すデミアンもまた、憎たらしい。

「ふん、次に悔しい思いをするのは、あなただからね」

「レインハルト様になんて捨て台詞《ぜりふ》を!!　ここが王宮だったら侮辱罪《ぶじょくざい》に当たるぞ!!」

こめかみをピクピクとひきつらせるデミアン。

「残念でした〜。ここは王宮じゃありまっせーん。学園でーす」

舌を出してデミアンを挑発すると、レインハルトがククッと笑う。

私は入学して以来、レインハルトに成績で勝ったことがない。また、同じクラスにはなったもののなるべく彼に関わらないようにしていたが、なぜか彼のほうから構ってくる。それに三年間、同じクラス。神様はどうやっても私と彼の縁を切る気がないらしい。

「もういいわ。ロン、行きましょう」

サッと踵《きびす》を返す。

「どこに行くんだ？」

レインハルトが私の腕をつかみ、顔をのぞき込んでくる。急に近くなった距離に驚いて息を呑む。

サラサラとした黒髪には天使の輪が光り、情熱的な赤い瞳は私に注がれる。

レインハルトはこの三年の間に成長した。背もグンと伸びて、私よりも頭一つ分高い。入学した時は私よりちょっと高いぐらいだったのに。もとから端整な顔立ちだったが、大人びた彼はますますその美貌に磨きがかかった。

悔しいけれど逆行前と同様、魅力的に成長した。

私の腕をつかむ手の大きさに、不覚にもドキッとしてしまう。

だがすぐに考え直す。

ダメよ、彼には惚《ほ》れないって決めていたじゃない。また同じ道を歩みたいの？

自分自身に問いかけるが、答えはすぐに出る、ノーだ。

今世で私は彼に対して恋心は抱いていないし、自分からは極力関わらないようにしてきた。

だがなぜか、向こうから構ってくる。適当に相手をしているうちに、なんだかケンカ仲間っぽい関係になった。逆行前からは考えられない立ち位置だ。

「今から教室に行って予習をするのよ」

そう言うと、私は手を振り切ってレインハルトから離れた。

スタスタと教室へ向かう私に、ロンがくっついてくる。

「残念だね、また負けちゃったね」

「その口、縫うわよ？」

私は機嫌が悪いのだ。だがロンは気にもとめない。この三年間でロンはすっかり私に慣れて、よく軽口を叩く。

「あっ、そうだ。最近、いい発明品が完成したんだ」

「へえ、どんな？」

今もロンに対する出資は続いていた。代わりに、発明品をいつも一番はじめに試させてもらっている。

「髪の毛を早く乾かす機械なんだ」

「なにそれ、便利そう」

私が興味を示すとロンは得意げに話し始めた。

「紐《ひも》を引っ張ると、風が吹いてくるんだ」

私は髪が長くて、いつも乾かすのに苦労していたので、それは助かる。

「ただ、少し問題があって――」

そこでロンは言いにくそうに、ポリポリと頬をかいた。

「時折、火を噴いちゃうんだよね。下手したら髪が燃えてしまうかも」

「少しの問題で片づけられないでしょ、それは」

自慢のサラサラヘアがチリチリになるのは勘弁してほしい。ロンはしょげて肩を落とす。

「僕、やっぱり才能ないのかな」

「そんなことないわよ」

あなたは将来、国を代表する偉大な発明家になるのだから。いや、なってもらわないと困る。主にお小遣いを費やした私が。

ロンの肩をポンと叩く。

「次に成功すればいいの。信じているから頑張って」

「レイテシア……」

ロンは感動しているのだろう。目を潤ませている。現状、彼が作るのは正直、ガラクタばかりだ。だが、目を輝かせて取り組む彼の努力は認めているつもりだ。

「まあ、改良したら、また見せてよ」

「うん、わかった。頑張るよ!!」

ロンの顔がパッと明るくなり、前を向いた。この不屈の精神は見習いたいところだ。有名になるまで、数えきれないほど失敗を重ねていくのだろう。

「僕、この学園に来て本当に良かった。勉強に時間が取られるぐらいなら、家にこもって発明をしていたいと思っていたけど」

「そもそもあなた、勉強なんてしてないじゃない」

私はプッと噴き出した。ロンの成績は毎回、最下位争いなのだから。

「あ、そうだった」

忘れてたんかい。ロンらしくて笑ってしまう。

「とにかく、レイテシアに出会えたことが僕の幸運だよ。君が僕を信じてくれるから頑張れるんだ」

熱意あふれる言葉とともに、手をガシッとつかまれた。

「ねえ、それ愛の告白にも聞こえるんですけど？」

「期待させたのなら申し訳ないが、それはない」

真顔で即答するロン。私たちは顔を見合わせて噴き出す。

ロンとは馬が合った。ロンは私を貴族として扱うことはなかった。発明にばかり夢中になっていたので、クラスではどこか浮いた存在だったけれど、それは貴族である私も同じだ。ちなみに、ロンは三年間で見た目も特に変わっていない。長い前髪に身長も私より少しだけ高いぐらいで、話していて安心感がある。ロンという友人ができたことは、私の人生の中でも輝かしいことだ。

「邪魔だぞ」

いい気分に浸っていると低い声がかかった。振り向くとレインハルトがそばに立っていた。

レインハルトがジロリと私をにらむ。背が高いせいか、威圧感がある。

なによ、言い方ってもんがあるでしょうが。いくら道を塞いでいたとしてもさ。

レインハルトはわざわざロンと私の間を通り、席についた。席についてからも頬杖《ほおづえ》をつき、私をジロリとにらむ。

「なにあれ。感じ悪いわね」

掲示板を見ていた時は上機嫌で憎たらしいぐらいだったのに。

「焼きもちだね」

にっこりと笑うロンの顔をまじまじと見つめた。

「焼きもち？　どうして？」

意味がわからず首を傾《かし》げる。

「さあ？　それは僕の口からはちょっと……」

言葉を濁《にご》しつつもロンは笑みを絶やさない。

頭に疑問符を浮かべていると教師が教室に入ってきたので、慌てて席についた。


一限目は魔力の授業。教科書を片手に教師の説明を聞く。

ロンはボーッとした顔で宙を見つめている。きっと次の発明品のことで頭がいっぱいなのだろう。

隣の席のレインハルトも嫌でも視界に入る。大人しく授業を受けているように見えるが、この授業も彼からしたら簡単すぎるんだろうな。なんせ、魔力も剣術も向かうところ敵なしの王太子様ですもの。本当、なんでこの学園にいるのかしら。意味がわからないわ。

実際、一年ほどで王国アカデミーに転校すると周囲は予想していた。この学園の授業では物足りないのでは？　と思うほど、彼が優秀だったからだ。私はその評判に嫉妬《しっと》すらする。悔しくて地団駄を踏みたくなるほどだ。

だが人をうらやんでも己の成長にはならない。自分を成長させることができるのは、自分だけ。

あと、自分を助けることができるのも自分。これは逆行前に嫌というほど味わった。

その時、レインハルトがこちらに顔を向けた。

やばっ、見ているのがばれちゃう。

慌てて顔を逸らそうとするが、間に合わず、彼はこちらに向かって微笑んだ。

私は急いで教科書を手にし、集中しているふりをする。彼を見ていたと思われるのが、しゃくだったから。

なんなの、あの微笑みは……!! 外見がいいから、ドキッとしてしまう。私なんかに向けなくてもいいのに。微笑みの無駄使いだわ。

「いいですか、皆さん。この国には聖女が現れます」

その時、教師の口から出た言葉に、体が固まった。

ドクドクと心臓が大きな音を立て、背中を嫌な汗が流れる。

「聖女とは数百年に一度現れる、神に選ばれし方です。聖なる銀の力を持ち、その力で傷や病を治《ち》癒《ゆ》します。魔物でさえ、その力の前にはひれ伏します。だが、聖なる力は邪心をもって使えば悪《あ》しき力と変化します。その時は聖女としての力を失い、代償を負うことになると言われています」

聖女――エミーリア・パジェット。

彼女もまたこの世界に存在し、今もどこかで生活しているはずだ。

ストレートでサラサラとした蜂蜜色の金の髪、新緑色の瞳。その微笑みは天使のように美しかった。だが、内面は真っ黒の性悪女。周囲の男たちを虜《とりこ》にし、私を排除することに見事成功した。

己の手は決して汚さず、私を陥《おとしい》れることに成功した時に向けられた微笑み。

今でも忘れることができない。ゾクゾクと背筋に悪寒が走る。

「どうした？」

その時、隣から声がかかった。

「顔色が悪いぞ」

レインハルトが私の顔を心配そうに見つめている。私はグッと唇を噛みしめた。

逆行前、聖女と一緒になって私を断罪したレインハルト。そんなあなたが私を気にかけるなんて、とんだ皮肉ね……

頬をひきつらせながら静かに首を横に振り、なんでもないと告げる。

でも私は逆行前と同じ道は歩まないと決めたの‼　いずれ、聖女と出会ってしまうかもしれない。

でも、その時は、どうぞどうぞとレインハルトを差し出すぐらいの心意気で‼　そう、私が彼に惚《ほ》れることはない。ましてや婚約なんてもってのほかよ。同じ道は歩まないと決めているのだから。

「さて、試験の結果だったが、皆どうだった？」

授業が終わりに近づき、教師が皆の顔をぐるりと見回す。

「魔法学園高等部に進級するまで、残り数ヶ月だ。皆で頑張ろう」

そう、私たちはもうすぐ中等部を卒業し高等部に進む。このまま平和な日々が続くのだろう。

「そこで少し早いが皆に報告がある」

急に教師が真面目な声を出した。生徒たちは空気を読んで静かにする。

「今回の試験、またもや首位はレインハルト君だったのは、周知の事実だ」

教師の言葉がナイフのようにグサリと突き刺さる。

し、知っているけどさ……!!

とどめを刺された気分だ。くっそう、次こそ見返してやる。私はメラメラと闘志を燃やし隣を見るが、レインハルトはいつものように涼しい顔をしている。そんなところが、また憎たらしい。

「そのレインハルト君が高等部から、王国アカデミーに転校することになった」

えっ……!!

教師の発言に、一気に周囲がざわついた。だが、もともとレインハルトは王国アカデミーに通うはずだった。魔法学園に通っていることが異例だったのだ。身分関係なく人々と触れ合いたいと言っていたが、それはこの三年間で大いに果たしたはずだ。

王国アカデミー、そこにはエミーリアも在籍しているはず。逆行前と同じなら、レインハルトが転入後、まもなくして聖女の力が目覚めることだろう。

だったらタイミング的にはちょうどいいのかもしれない。転入するレインハルトと、力に目覚めるエミーリア。二人は王国アカデミーで運命の出会いを果たす。私という障害はないので、今度は私が陥《おとしい》れられることはない。

ふいに、視線を感じた。バッと顔を向けると、頬杖《ほおづえ》をついたレインハルトが私をじっと見ている。その視線の強さに一瞬たじろぐ。なにか私に伝えたいことがあるのだろうか。

「残された三ヶ月、皆もレインハルト君から学ぶことは多いと思う。君たちはクラスメイトなのだ。

一緒に魔法学園高等部に進級できないのは寂しくもあるが、ここで過ごした三年間はかけがえのない時間だったと思ってほしい」

教師は熱弁をふるう。

「来月には卒業前のダンスパーティがおこなわれる。皆の手で盛り上げていこう」

魔法学園では卒業前の時期にダンスパーティがある。皆がちょっとおしゃれをして、パートナーとともにダンスを踊る。中等部と高等部の全生徒が参加するので規模が大きく、華やかなイベントだ。

そのため、ここ数日クラスメイトたちは、どこか浮かれている。好きな人からパートナーになってほしいと言われたと嬉しそうに話す声も耳にしていた。私は特にパートナーを決めていないので、適当に過ごそうと思う。特段、ダンスが踊りたいわけではない。

ぼんやりとダンスパーティのことを考えていると、チャイムが鳴る。

皆が帰り支度をしている最中、教師が思い出したように手を叩く。

「そういえば学園の裏手に最近、ウォーターバットが出るという情報があったから、近づかないように。たいした力はないが、集団で来られると厄介な相手だ。万が一出くわしたなら、奴らは光が苦手だから覚えておくといい」

ウォーターバットは森に生息する、コウモリに似た魔物だ。作物をかじってダメにしたり、家畜や人間の血を吸うために襲ったりすることもあるという。まあ、ここは自然に囲まれた学園だからな。出現しても不思議ではないだろう。

帰宅の準備をして、馬車が待機している場所までロンと連れ立って歩く。

私は馬車だが、ロンは徒歩通学だ。ついでだから送ろうかと申し出ても、彼はいつも首を横に振る。なんでも一人で歩いている時が一番発明のアイディアが頭に浮かぶそうだ。

ロンとしゃべりながら歩いていると、腕を組んで門に寄りかかっている人物が視界に入った。

レインハルトだ。お供のデミアンはそばにおらず、一人だった。

彼は私に気づくとこちらに向かって歩いてくる。

「帰るのか？」

「ええ、そのつもりだけど……」

どうしたのだろう。私になにか用事でもあるの？

彼をじっと見ていると、隣にいたロンが急に声を出す。

「あっ、僕、今日家の用事を頼まれていたのを思い出した!!　急いで帰らないと!!　じゃあね、また明日」

そう言うやいなや走り出す。いきなりだったので、あっけに取られてロンの背中を見送る。

そして、この場に残されたレインハルトと私は顔を見合わせた。よくわからないけれど、まあいいか。それよりもレインハルトだ。

「私に用でもあるの？」

レインハルトは私の目をまっすぐに見つめる。そして形のよい唇を開いた。

「――ダンスパーティのパートナーは決まったのか？」

「え？　決めていないけど……」

予想外のことを聞かれ、驚いた。

「じゃあ、俺と組まないか？」

「へ？」

驚きすぎて間抜けな声が出た。ダンスパーティでレインハルトのパートナーになんてなったら、どうしても目立ってしまう。いくらレインハルトが王国アカデミーに行くことが決まっていても、噂《うわさ》になるのは困る。万が一にも、エミーリアの耳に入り、敵視されるようなことは避けたい。

「む、無理よ」

焦《あせ》って手を振る。レインハルトの眉がピクリと動く。

「なぜだ。決まった奴はいないのだろう？」

「そうだけど――」

モゴモゴと口ごもる。

「あなたこそ、私じゃなくてもいいんじゃない？　それこそ、あなたから誘われたい生徒は大勢いると思う」

一度だけでいいから彼と踊りたいと夢見ている人もいるはずだ。

だがレインハルトは小さく息を吐き、首を横に振る。

「俺はレイテシア、お前を誘っているんだ」

心臓がドクリと音を立てた。まっすぐな視線に射抜かれ、頬が熱くなる。

「他の誰でもない、お前がいい」

はっきりと告げられ、カバンを両手でギュッと抱え込んだ。

「む、無理よ‼」

気づけば思わず叫んでしまった。レインハルトは私の勢いに呑まれたのか、目を見開く。

「あ、あなたとは踊れないから‼　他をあたってちょうだい‼」

後ずさりしながら言うと、踵《きびす》を返し、そのままダッシュで走り去る。

心臓がドクドクと、音を立てている。

なんで、どうして私を誘うの。放っておいてくれたらいいのに‼

レインハルトを傷つけてしまったかもしれないが、これでいいのだ。どこでエミーリアの耳に入るか、わからない。逆行前の私がレインハルトから誘われたのなら、喜びのあまり卒倒していただろう。でも今は違うの。前の二の舞はごめんだわ。

だけどなぜか、レインハルトの傷ついたような顔が脳裏から離れなかった。


翌日の放課後、私は学園の裏手にある、森の小道で魔力の練習をしていた。ここは滅多《めった》に人が来ないので集中できるのだ。教室だと必ず誰かがいるし、なによりレインハルトがいることが多い。

昨日の気まずい別れから、口をきいていない。

さすがに昨日の態度はひどかったかしら……。

反省していないわけでもない。……いやいや、でも逆行前に彼が私にしたことに比べたら、可愛いもんでしょ!?　ちょっと言いすぎただけだし。

デミアンがそばにいたら、私のことを死刑だとか侮辱罪《ぶじょくざい》だとか、わめきちらしたに決まっている。うるさいのがいなくて良かった。

昨日の帰りからずっとこんな調子でレインハルトのことを考えている。

気分が晴れないのは、彼を傷つけた自覚があるからだ。レインハルトは王国アカデミーに転校するんだし、最後ぐらい優しくしても良かったのかもしれない。なんだかんだいいつつ、彼を勉強のライバルだと思っていたからこそ、奮闘することができたんだし。

そこでふと気づく。

高等部から彼がいなくなるとすると、私は誰を目標にして頑張ればいいのだろう。繰り上げの形で一位を取れても嬉しくない。

それに彼と今後会うのは、年に数えるぐらいしかないだろう。主に建国祭などの公式行事で。それなら最後ぐらい、ダンスパートナーになれば良かったかしら。特に深い意味もないだろうし。

なんだか、モヤモヤした気分を引きずってしまう。

今日はもう練習はやめて帰ろう。

踵《きびす》を返そうとしたその時、茂みがガサリと揺れた。

なにかいるの!?

身構えると同時に飛び出してきたのは、黒くて大きな羽を持つ、ウォーターバットだった。

そうだ、ここには近づくなって注意されていた。うっかりしていた。

ウォーターバットはそんなに手ごわい魔物ではない。だがウロチョロと飛び回り、すばしっこい。

そして、標的を定めると集団で襲ってくる。

案の定、ウォーターバットが次々と飛び出してくる。

えっ、ちょっと待ってよ!! 私の血なんて美味《おい》しくないから!!

走って逃げようとするも、執拗《しつよう》に追いかけてくる魔物たち。

「あっ!」

足がもつれて転んでしまった。頭上ではウォーターバットが飛び回り、今がチャンスとばかりに狙いを定めてくる。

だ、誰か助けて……!!

――その瞬間、周囲をまばゆい光が包んだ。そのまぶしさに目を閉じる。

少ししてから恐る恐る目を開けると、ウォーターバットたちは地面に落ちて震えていた。

「ウォーターバットはまぶしいのが苦手で、光に当たるとしばらく動けなくなる。昨日、言われたばかりだろう?」

えっ、この声はレインハルト!?

パッと顔を上げると彼が剣を手にし、私の前に立っていた。私にフッと視線を投げたあと、ためらいもなくウォーターバットに剣でとどめを刺す。あの光も彼が魔力を使って放ったのだろう。

彼の姿を呆然として見つめていたが、次第に悔しさが込み上げてくる。

小物の魔物ぐらい、どうってことないと軽く見ていた。なのに、いざ目の前にすると、習ったことなどすべて忘れてパニックになった。

そんな格好悪い姿を、よりによってレインハルトに見られてしまうなんて……

地面にへたりこんだまま、グッと顔を上げる。

「立てるか？」

そばにきたレインハルトが、そっと手を差し伸べる。

躊躇《ちゅうちょ》していると、彼は迷いなく私の手をつかんだ。

「怪我はないか？」

私を立たせると全身を一通り確認し、小さく息を吐き出す。

「大丈夫なようだな、良かった」

私を心配する姿を見て、不思議に思う。

「どうして……？」

私を気遣うの？　それに、なぜここにいるの。

言葉にするのをためらってしまうが、レインハルトは私の表情から察したようだ。

「いつもお前がここで頑張っているのを知っている。だが、今後は人気のない場所に行くな。なにかあったら困るだろう」

レインハルトは、眉間に皺《しわ》を寄せている。

彼は、どうしてこんなことを言ってくるのだろう。そもそも、どうして私がここにいるって知っていたんだ。

私を見下ろし、まっすぐに見つめてくる視線。私の手をすっぽりと包み込むほどの大きな手。急にレインハルトの男らしさを意識してしまい、顔をサッと逸らした。胸の鼓動が速い。

「あ、ありがとう」

助けてもらったのだからお礼を言わないと。

消え入りそうな小さな声になってしまったが、今の私には精いっぱいだった。

「珍しいな」

「えっ？」

感心したような声が聞こえたので、思わず顔を上げた。

「素直に礼を言うとは、ちょっとびっくりだ」

「はぁ？　私だってそれぐらいできるわよ!?」

肩を怒らせ、いつもの剣幕《けんまく》でレインハルトと対峙する。

「だいたい、冷静になったら、私だってウォーターバットは光が苦手だって思い出したし。ただちょっと不意をつかれただけよ!!」

そう言い張ると、レインハルトはクッと肩を揺らす。

「ああ、そうだな。その強気な物言いが、いつものレイテシアだな」

「まったく失礼ね!!」

ますますいきり立ってしまう。両腕を組み、フンッと思いっきりそっぽを向いた。

レインハルトは笑い転げている。

「――ところで、一つ頼みがあるんだが」

「いいわよ、言ってみなさいよ」

レインハルトに貸しを作るのは避けたい。今の私はなんだって聞いてやるわ!!

「ダンスパーティでパートナーになってほしい」

えっ!? またその話!? それは、昨日断ったはずだけど……

真剣な眼差しを向けられ、言葉に詰まる。

私が瞬《まばた》きをする間も、レインハルトは私の顔をじっと見つめている。

ああ、でも彼は王国アカデミーに行くのだから、これが最後のお願いだろう。だったら、最後ぐらい、その望みを叶えてあげてもいいと思えてきた。

どうせエミーリアに出会ったら、私のことなど微塵《みじん》も思い出さないに決まっている。ようは魔法学園での思い出作りというやつだろう。

「言っておくけれど……ダンスで足を踏んでも怒らないでよ」

あらかじめ宣言をすると、レインハルトは満面の笑みを浮かべた。

「足に防護用具でも仕込んで挑むさ」

「なっ、失礼ね!!」

いくら私でもそこまで下手ではないはずだ。私が怒るとますます彼は笑った。

その笑顔を見た時、これで良かったのだと感じた。

レインハルトがこの学園に来たことは予想外だったけれど、彼がいたことで勉強にもやる気が出たことは確かだ。まあ、勝てなかったことは悔しいけれど、いつかはいい思い出になるだろう。

レインハルトは王国アカデミーに戻り、エミーリアと運命の出会いをする。

私はこの魔法学園で残りの学園生活を精いっぱい楽しもう。今後関わることもないので、もう逆行前の運命をたどることはないはず。

これが最後になる。

「楽しみだな、ダンスパーティ」

ふいにレインハルトがはにかむような笑顔を向けてくる。その顔を見た時、ドキッとして、とっさに顔を背けた。

な、なによ、そんな笑顔を向けないでちょうだい。

つい意識してしまい、頬が熱くなる。

ドキドキと高鳴る胸を必死に隠し、そっぽを向いたまま曖昧《あいまい》に返事をした。

＊＊＊

ダンスパーティ当日、私はドレスに身を包む。

ふんわりとしたドレスの肩口は柔らかな印象を与え、とても素敵だ。スカート部分には豪華な刺《し》繍《しゅう》が施されている。レースには細かなスパンコールが入り、動くたびにキラキラと輝く。長い髪は結い上げて、真珠の飾りを挿した。

いつもより大人っぽい装《よそお》いでちょっぴり気恥ずかしい。

屋敷で支度を終え、そろそろ学園に向けて出発する。ダンスパーティは夕方からの開催だ。そして夜まで続くことから、保護者同伴となっている。

「おい、支度できたか」

いきなり扉が開く。顔を向けると、そこにいたのはハロルドだった。彼もまた正装に身を包んでいる。

「お兄様、ノックを忘れていますわ」

こら、仮にもレディの部屋にずかずかと入ってくるんじゃない。

ジロリとにらんで窘《たしな》めるも……ハロルドの様子がおかしい。目を見開いたまま、微動だにしない。

「……お兄様？」

首を傾《かし》げて尋ねると、我に返ったようだ。ハロルドはいきなりクルッと回り、背中を見せる。

「うぉーーーー！　俺の妹が一番可愛いいぃぃぃ!!」

「お兄様、聞こえていますわよ」

拳を天高くつき上げ、叫ぶハロルド。その後、何事もなかったように再び私と向き合う。

「まぁ、悪くないんじゃねーか、そのドレス」

さっきと言っていることが違うんですけど。

ハロルドは私の前ではツンとした態度を取ろうとするが、その実、この三年間で私に対する愛情が加速し、こじらせている。ま、本人は絶対に認めないけどね。

クスッと笑うとハロルドは顔を真っ赤にし、視線を逸らす。

「そ、そろそろ出発するぞ。父上もエントランスフロアで待っている」

「あら、じゃあ、急がないといけませんね」

先日、ダンスパーティのドレスについて聞かれ、なにげなく返答したら、翌日には仕立屋が屋敷に呼ばれた。そしてそのまま採寸を取り、オーダーメイドでドレスを注文することになったのだ。

父が私を気にかけてくれていたことが嬉しかった。

「あと、お前、パートナーはいるのかよ？」

「えっ？」

「だからエスコートしてくれるダンスパートナーだよ!!」

ハロルドが急に大声を出したので、びっくりして肩を揺らす。

「ええ、います」

「しょうがないから、俺が――えっ!?　いるのかよ！」

ハロルドは私の肩をガシッとつかみ、ガクガクと揺らし始めた。

「だ、誰だよ!!」

「あ～、なりゆきであるお方と……」

ポリポリと頬をかきながら伝えると、ハロルドはその場で頭を抱え、しゃがみ込む。

「くっそ～!!　誰だよ、人の妹に声かけやがって!!　兄である俺様がわざわざエスコートしてやろうと思っていたのに!!」

どうやらハロルドは思うところがあったらしい。私は一瞬、キョトンとしてしまった。だがすぐにクスッと微笑む。

「それこそ、お兄様からエスコートされたいと思う女性はたくさんいるはずでは？」

「断ったよ、すべて!!　全部!!」

「あら」

「どうせお前のことだから、パートナーとして申し込む男の一人もいないだろうと思ってたんだよ!!　しょうがないから兄の俺が面倒見るつもりだった!!」

若干失礼な気もするが、そこは流すことにした。

「で、誰だよ、お前のパートナーになるなんて奇特なヤツは？」

うん、やっぱり失礼だな、この人。

「あれか？　お前のそばにいつもいる髪がボサボサの根暗そうなやつか？」

「ちょっと、それはロンに失礼ですわ」

「それでロンを思いつくあたり、お前もたいがい失礼だぞ」

ハロルドに指摘され、思わず口を手で押さえた。あら、失言だわ。

「で、誰なんだ？」

ハロルドの真剣な眼差しに、観念して答える。

「……レインハルト様です」

「は？」

ハロルドは口をポカンと開け、固まった。だがそれも無理はない。私が彼をライバル視しているのをそばで見ていたし、特別仲が良かった印象もないだろう。

「くっそ、よりによってレインハルト様かよ!!」

ハロルドは悔しそうに髪をクシャクシャとかきむしった。

「相手を脅して無理やりパートナーを解消させようと思ったけど、できないじゃないか!!」

そんなことまで考えていたのか。時折、小さい頃と変わらず自分本位な態度を見せるハロルドに苦笑いする。

「まあ、お兄様。そんなことよりお父様を待たせていますわ」

私に言われて彼はようやく思い出したようだ。急いで二人で階下に下りる。

エントランスフロアで待っていた父は、私たちに気づくとゆっくりと振り返る。

「お待たせしました」

「そんなに慌てることではない。転んだら大変だろう」

フッと微笑む姿はハロルドに似ている。

父とは逆行前よりも良好な関係を築いていると思う。父はどんなに忙しくとも夕食は私たちととるようにしてくれている。最初は威圧感があるから恐縮しちゃっていたけれど、単に口数が少ないだけだと気づいた。それからは夕食時に学園での出来事を話すことが日課になっていた。

「お父様、素晴らしいドレスをありがとうございました」

父はゆっくりとうなずくと、拳をグッと握る。

「うちの娘が世界で一番、可愛い!!」

また始まった、お父様の親バカ。逆行前はこんなキャラじゃなかったはずなのになぁ。

「おおげさですよ、父上」

ハロルドが冷静に諭《さと》す。

「世界一は、言いすぎです。せいぜいこの国一番でしょう」

父に続いてハロルドまでも、私に対する愛情を炸裂《さくれつ》させている。今世ではローレンス家の二人はおかしいことになっている。

「む、そうか。だが、近隣諸国を合わせても一番だろう」

「まあ、それぐらいでしょうかね」

二人の目に私は絶世の美女にでも映っているのか。それとも二人の目が変なのか、はたまた頭が沸いているのか。もっとも、突拍子もないことを言い出す二人に、慣れてしまっている自分が一番驚きだ。

「お父様、レイテシアのダンスパートナーは、レインハルト様だそうです」

ハロルドは不貞腐《ふてくさ》れた態度を隠さずに伝えた。

「俺がエスコートしてやろうと思っていたのに」

その後もぶつぶつと小声でなにかつぶやいている。意外に面倒くさいところがあるんだ、ハロルドって。そんな彼を無視し、父は私をまっすぐに見つめる。

「――レイテシア、お前に伝えることがある」

「はい、なんでしょう」

「お前はこれから――」

父は言いかけてすぐに首を横に振る。

「いや、なんでもない。今日のダンスパーティを楽しみなさい」

「……？　はい、お父様」

なんだろう、言葉の続きが気になる。だが、無理やり聞き出すわけにもいかない。必要ならあとからでも言ってくるだろう。多少気になったが、そのまま三人で馬車に乗り込んだ。


「うわぁ、綺麗《きれい》」

ダンスパーティの会場は花やバルーンで飾りつけされ、立食形式となっている。

会場ではすでに踊っているペアもいれば、おしゃべりに夢中になっている人もいる。

父は大人たちが集まる保護者席に早々に向かった。

皆が精いっぱい着飾り、楽しんでいる雰囲気を肌で感じる。私も楽しくなってきた。

「あ、お兄様、このテリーヌ美味《おい》しそう。ちょっといただきましょうよ」

「お前は本当に、色気より食い気だな」

苦笑するハロルドを気にせず、皿に料理を取り分けた。

「レイテシア」

声がかけられて振り向くと、そこにいたのは正装に身を包むレインハルトだった。まぶしいぐらいに輝かしい存在だ。その時、ハロルドがスッと私の前に立ちはだかる。

「これはこれは、レインハルト様。今日は妹のパートナーになってくださるそうで。あなた様ほどのお方なら、いくらでもお相手を選べたでしょうに、なぜにうちの子猿なのですかね」

若干言い回しに棘《とげ》があるわ。てか、子猿って誰よ。さっきまでこの国で一番可愛いとか褒めちぎっていたのは、誰だったのか。

「ああ、どうしてもレイテシアと踊りたかったんだ」

食べ途中のテリーヌが喉にグッと詰まりそうになった。ハロルドはどこか苦々しい顔をしているが、レインハルトは涼しい顔だ。

「行こう」

スッと差し出されたレインハルトの手を見つめる。

女性たちがチラチラと視線を向け、彼の動向を気にしている。レインハルトはその仕草の一つ一つが、周囲の注目を浴びているのだ。

まあ、パートナーといっても、一回踊れば彼も気が済むだろう。

息をスッと吸い込むと、彼の手を取る。そして踊りの輪の中へと進んだ。

貴族は礼儀作法としてダンスを一通り踊れるように習うのだが、レインハルトはさすがというべき、優雅な立ち振る舞いだった。シャンとした姿勢に手の置く位置、私をリードしてステップを踏む姿も完璧だ。

「すごいわね」

思わず本音がこぼれ出る。

「なにがだ？」

「勉強に剣術、おまけにダンスまで完璧。あなたに不得意なことってあるの？」

結局、私は勉強で彼に敵《かな》うことはなかった。

最後ぐらい優しい言葉をかけてもいいかな。ふとそう思った。

「王国アカデミーに行っても頑張ってね。……勝ち逃げされたみたいで悔しいけれど」

そうよ、彼とはいいクラスメイトだった。逆行前は彼にべったり張り付くだけの私だったが、今世では関係性が変わった。よきライバル、というのか。

だからこそ、笑顔でさよならしよう。

レインハルトは目を細め、唇をギュッと結んだ。ゆっくりと息を吸い込むと、形のよい唇を開く。

「お前は――俺がここを去ってもなんとも思わないのか？」

「えっ？」

それはどういう意味だろう。不思議に思うと同時に、私の手を握る彼の手にギュッと力がこもる。

――これで断罪される運命は回避～!!　そちらは聖女と仲良くね！　なんて、口が裂けても言えない雰囲気だ。

彼の視線を真正面から受け止める。レインハルトの表情は真剣そのものだった。

「そ、そりゃ、勉強に張り合いがなくなるとは思うけど……」

「けど？」

レインハルトが追及してくる。私は困惑して視線を逸らした。

「――俺は嫌だ」

「えっ？」

予想外の言葉が聞こえた。思わず足を止め、パッと顔を上げる。踊りの輪の中、ステップを止めて見つめ合う私たち。周囲が何事かとざわめき始めたが、気にならなかった。

レインハルトは息をスッと吸い込む。

「俺は、本来なら王国アカデミーに入学することが決まっていた。無理を言ってこの学園に来たんだ。それがなぜだかわかるか？」

「なぜって……」

身分を越えて交流をするためじゃないの？

その時、ちょうど曲が終わり、学園長の挨拶が始まった。

「毎年恒例のダンスパーティは大いに盛り上がっているが、ここで一つ素晴らしい発表がある」

壇上の学園長がグルリと皆を見回す。

「我が魔法学園の優秀な生徒の中で、その可能性をさらに飛躍させるため、王国アカデミーに転校が決まった生徒がいる」

学園長はゴホンと一度咳ばらいをし、続けた。

「レインハルト・バトラー」

名前が呼ばれ、周囲から拍手がわきおこる。

「続いて——レイテシア・ローレンス」

んっ？　私の名前が聞こえた気がするけれど、気のせいかな？

思わず目を見開き壇上に顔を向けると、学園長が満面の笑みを浮かべていた。

「おめでとう!!　君たち二人は我が魔法学園の誉《ほま》れだ!!」

ええええええっ、嘘でしょ!?　私も王国アカデミーに転校なの？　なんにも聞いてないよっ!!

周囲が拍手をする中、そばにいるレインハルトにバッと視線を向ける。

もしやあなたは知っていたの？

私の表情から察したのだろう、レインハルトは肩をすくめた。

「成績優秀者は王国アカデミーへの転校が決まっているんだ。まだ知らされていないようだったから、言わなかったが」

「そ、そんなぁ……」

嘘でしょ……。レインハルトに負けたくなくて頑張ったことが裏目に出てしまった。

断罪を回避するため、自分の能力を上げようと必死になった結果がコレ。

どうあっても運命を変えることはできないの？

「あらかじめローレンス家に通達がいっているはずだ。聞いていなかったのか？」

初耳だし!!　首が飛びそうな勢いでブンブンと横に振る。

だがその瞬間、思い出した。ダンスパーティに向かう前に、父がなにかを私に言いかけていたことを。きっとこのことに違いない。

「高等部では優秀な生徒を王国アカデミーに集める。国が定めたことだから、異論は認められない」

なんたることだ。頭がクラクラして足元がおぼつかない。

「顔色が悪いぞ」

肩をつかまれ、グッと引き寄せられた。端整な顔立ちがすぐ間近にあり、混乱する。

「お、驚きすぎて……」

慌てて体を離し距離を取ろうとするも、レインハルトは私の肩を離そうとしない。

「レイテシア」

その時、名を呼ばれ、そちらを向くと父がすぐそばに立っていた。

「ご無沙汰しております、レインハルト様」

父はレインハルトに頭を下げると、私に視線を投げバルコニーに顔を向けた。これはきっと私に話があるのだ。

ゴクリと唾を呑み、静かにうなずく。そしてバルコニーへ歩いていく父を追いかけた。

扉を開けて外に出ると、日はすでに落ちて空には無数の星が瞬《またた》いていた。

「さて、どこから話そうか」

バルコニーの手すりに手をかけた父は私と向き合った。

「王国アカデミーへの転校は拒否できないのですか？」

詰め寄ると、父は静かに首を横に振る。

「優秀な人材だからこそ、推薦され認められたのだ。断ることはできない」

そんなぁ!!

頭を鈍器で殴られたぐらいの衝撃を受ける。そもそも私が魔法学園を選んだのは平穏な日々を過ごしたいから。レインハルトとエミーリアを避けるためだった。レインハルトはもう仕方ないとしても、王国アカデミーにはエミーリアがいるだろう。それを思うと、背筋がゾワゾワする。

父は深刻な顔のまま、咳ばらいをした。

「それでここからが本題なのだが――」

えっ？　転校の話をするために私を呼び出したんじゃないの？　まだなにかあるの？

父はまっすぐに私を見つめ、意を決したように口を開く。

「――お前に縁談の話が来ている」

「えっ……」

驚きすぎて顎《あご》が外れるかと思った。パチパチと目を瞬《またた》かせる私に、父が続ける。

「実は以前から、たくさん話は来ていたが、生半可な相手にレイテシアを任せることはできないと私のほうで断っていた。だが、今回の相手は申し分のない相手だ」

貴族は早くに婚約を結ぶことが多い。私だって十五歳。婚約者がいても世間的にはおかしくない。

「お相手は――誰ですか？」

動揺して震える手をギュッと押さえつけた。

「それは――」

父が告げようとした瞬間、扉が開く。誰かが出てきたことに気づき、反射的に顔を向ける。

「そこから先は俺の口から言わせてほしい」

いきなり登場したレインハルトが私を見つめる。

な、なにを言われるのだろう。

心臓が早鐘を打つ。私は、胸の前で手をギュッと握りしめた。

レインハルトは静かに私と対峙する。

「レイテシア、俺と婚約してくれ」

はっ!?

告げられた言葉に息を呑んだ。

そ、そんな……!! どうしてあなたが私に婚約を申し込むの!? 私たち、今世ではそんな話、一つも出てなかったじゃない。

衝撃的すぎて唇が震える。レインハルトは私をじっと見下ろしている。その視線の強さに戸惑う。

「ど、どうして私なの……？」

声を絞り出すのがやっとだった。

「私は席を外すとしよう」

レインハルトの返答を聞く前に、父が私たちを残し広間に戻った。

「――お前を選んだ理由が聞きたいか？」

家柄？　それとも同じ年頃だから？

早まるな、レインハルト。もう一度よく考えるんだ、冷静になれ‼

レインハルトは腰を折ると、私の耳元にそっと唇を近づけた。

「なぜかわからないが、一目見た時から気になっていた。絶対に手放してはいけないと本能的に感じた」

思わぬ告白に、立ち尽くす。真摯な想いが重く、思わず後ずさった。ジリジリと距離を取ろうとすると壁に背中が当たる。

壁に張り付いていると、レインハルトが一歩前に出る。その距離は近い。彼は私を見つめながら、壁にドンと手をついた。まるで囲われているような体勢になり、息を呑む。

レインハルトは私の顔をのぞき込んだ。

「三年間、ずっと好きだった」

真正面から想いを告げられ、混乱する。

逆行前はレインハルトの気を惹《ひ》きたくて、必死に追いかけていた。でも全然相手にされなかった。

だが今世では私のことを好きだって⁉　しかも婚約ときた‼

脳裏に浮かぶのは、エミーリアの腰に手を添え、私を冷たく見下ろしていたレインハルト。

私の愛情行動すべてが恐怖だと言った彼。

王国アカデミーに行き、エミーリアに会ったら、またあの恐ろしい出来事が繰り返されてしまう――

嫌だ、私は今世では平和な日常を手に入れたいの!!

私の心の叫びがレインハルトに聞こえるはずもなく、彼はただ静かに私を見つめていた。

＊＊＊

ダンスパーティの翌日から、卒業式までの時間はあっという間に過ぎた。あの日から私は抜け殻のようになり、日々過ごしていた。

そして迎えた卒業式。皆は感極まって泣いているが、私は冷静だった。みんなそのまま魔法学園高等部に進むのだから、同じ面子《メンツ》で勉強できるじゃない。私なんて……

ああ、これから王国アカデミーに通うことは避けられない。だったら屋敷で引きこもりを選択しようかしら。だが、その選択も許されないだろう。

「卒業してみると、あっという間だったな」

卒業証書が入った筒を片手にレインハルトは爽《さわ》やかな笑顔を見せた。

彼は三年間主席を守り続けた。一方、私はダンスパーティ後の試験で、あまりの衝撃で万年二位からも陥落。

ショックで勉強が手につかなかったのだ。頑張っていた結果が、婚約《これ》だなんて、神様はどんだけ私に意地悪なの。どうしても断罪させたいのか。

結果は学年五位。やさぐれもする。レインハルトが話しかけてくるが、返答する気力もない。

「レイテシア」

ロンが私を見つけ、駆け寄ってくる。

「いい式だったね」

ロンの目は少し赤らんでいた。これにはちょっと驚いた。あまり感情を表に出すタイプではないと思っていたからだ。じっと見つめていたら、ロンは少し恥ずかしそうに目元をこする。

「ちょっと寂しくなってしまってさ。高等部に行ったら、レイテシアはいないんだと思うと」

「ロン……」

ロンがそんなふうに思ってくれていたと思うと、ウルッと涙がにじんだ。

私たちは三年間、ずっと一緒に過ごした。男女の垣根を越えた友情だ。

「これから、僕の発明品の出資は誰がしてくれるのかと思うと心配になって」

おい。そっちか。一瞬でも感動した時間を返してちょうだい。

スンとなると、ロンはにっこり微笑んだ。

「でもいいや。離れていても出資はしてくれるって約束したし。発明品ができたら連絡するね」

「ええ、連絡ちょうだい。たまには会いましょうね」

今はガラクタばかり製造しているけれど、あなたの才能が早く開花することを祈っているわ。

「でも、本音はやっぱり寂しいよ。僕と一緒にいてくれてありがとう」

「ロン……」

頬をかき、少し照れながらも私の目を見つめるロン。

「私も寂しいわ。本音は魔法学園にずっと通いたいもの!!」

ああ、離れたくない!!　ガバッとロンに抱きつこうとした瞬間、首根っこをつかまれる。

「王国アカデミーへの転校は優秀だと認められた結果なのに、なぜ嫌がる。それに離れろ、みっともない!!」

なぜか怒っているレインハルト。そんな彼の背後からスッとデミアンも登場した。

「光栄に思え!!　レインハルト様と婚約できるなど!!」

だからお前はなに様だよ。

デミアンはメガネの中央をクイッと指で押し上げる。

「あなたも王国アカデミーに転校するのでしょう?」

私が質問すると、彼は胸を張った。

「もちろん!!　私の仕事はレインハルト様にお仕えすること。王国アカデミーでも護衛としてお守りするのが役目であり、生きる喜び!!」

あ〜、てことはこの暑苦しいのと、また一緒ってわけね……

小さくため息をつく。

「レイテシア」

背後から名を呼ばれ、振り返る。そこにはハロルドが立っていた。

彼は手にしていた花束を無造作に私に差し出す。

「ほら」

「えっ、これは……」

「俺も今日でこの学園とはおさらばだ。もらったから、お前にやる」

ぶっきらぼうに言い放ち、視線を逸らした。ハロルドも王国アカデミー高等部に転校することを知ったのは、ダンスパーティの翌日だった。

それはもしかして私が心配だから？　思わずそう尋ねると、あたふたと慌て始めた。

『そんなわけないだろ!!　魔法学園では物足りなくなっただけだ』

ハロルドは捨て台詞《ぜりふ》を吐いて去ったが、後日父から、転校はハロルドからの申し出だったと聞いた。

ああ、私には心配してくれる人がいる――

そう思うと胸の奥が温かくなる。

そうよ、学ぶ場所は違えど、ロンも魔法学園で頑張るはずだ。ハロルドだって王国アカデミーに転校する。つまり私の味方はいるってことだ。

エミーリア・パジェット。

聖女となる彼女も王国アカデミーにいて、そろそろ力に目覚める頃だ。そして聖女として崇《あが》められる存在となる。やがてレインハルトを好きになり、婚約者である私を陥《おとしい》れようとしてくるだろう。

逆行前は無駄に張り合い、その結果、周囲の信頼を失い、断罪された。

だが!!　今回は！　今回こそは!!　エミーリアに婚約者の立場をどうぞどうぞと差し出そう。聖女と王太子の婚約に反対する者はいないはず。

抗《あらが》いさえしなければ、破滅を避けることができる。少なくても逆行前みたいに、エミーリアにバチバチに対抗心を燃やさない、呪いの人形を作ったりもしない！

穏便に婚約破棄を目指すわ。そうよ、なんのために今世で勉強を頑張ったと思っているの。すべては自立するためでしょ。いつまでも落ち込んでいられないわ。

ふつふつと闘志を燃やしていると、レインハルトがヒョイッと顔をのぞき込んできた。

「どうした、さっきから感動したり深刻な顔になったり。表情がコロコロ変わっているぞ」

端整な顔立ちに、不覚にもドキッとしてしまう。

「べ、別に」

サッと顔を逸らす。

そうよ、しばらくの辛抱だわ。エミーリアに婚約者の地位を遠慮なく、譲り渡すから。

私の野望に気づかないレインハルトはクッと笑う。

「変なヤツだな、お前」

言ってろ、言ってろ。今のうちだけだから。

エミーリアに出会ったら、私の存在なんて頭の片隅にも残らないだろうから。

＊＊＊

王国アカデミーへの登校初日。

鏡台の前に座り、じっと顔を見つめる。そして大きな声を出す。

「よし、行きますか‼」

王国アカデミーの制服は肌触りがよく、生地も上等だ。

上着の胸部分には校章が刺繍《ししゅう》されている。ダブルブレストのデザインが品格高く、ふわりと揺れるプリーツがかかった裾は優雅な印象を与える。

懐かしいこの制服……

ふと逆行前の記憶がよみがえる。

何度も袖を通したこの制服には、正直、苦い思い出しかない。だが今回は、違う人生を歩むのよ。

気合いを入れるため、ピシャリと両頬を叩く。

ちょうどその時、ノックの音が響き、扉が開いた。

「おい、もう行くぞ」

ハロルドもまた、王国アカデミーの制服に身を包んでいる。わざわざ部屋まで迎えに来てくれたらしい。鏡台の前からスッと立ち上がると、ハロルドは腕を組み、私をジロジロと見つめた。

「へえ、悪くないじゃないか」

新しい制服のことを褒めているつもりなのだろう。

「それはどうも。お兄様も似合ってますわよ」

そう返すと、まんざらでもない表情を見せた。

「まあ、俺ほどになると、なにを着ても様《さま》になるというか……」

「さっ、行きますわよ」

悦に入《い》るハロルドの横を通り、エントランスフロアに向かう。

「遅いと置いていきますわよ」

「迎えに来た兄に向かってひどい言い草だな、それ!!」

苦情を訴える兄を引き連れて、王国アカデミーに向かうため、馬車に乗り込んだ。

第三章　王国アカデミーへ！

すごい、さすが国で一番の学び舎《や》と言われるだけあるわ。

王国アカデミーの敷地の広さと設備の充実ぶりを実感し、あんぐりと口を開けた。魔法学園とは比べ物にならない。生徒数も多いし、貴族たちが通うためかどこもかしこも格調高い。

でも私は魔法学園の雰囲気が好きだったな。こぢんまりとしてアットホームで。

早くもホームシックだ。

私はここで無事に卒業を迎えることができるのだろうか——

校舎を前にして唇をギュッと噛みしめた。

「なに、険しい顔しているんだよ」

隣に立つハロルドが顔をのぞき込んでくる。

「ちょっと緊張しちゃって」

いつエミーリアに会うのか想像するだけで、吐きそうになるとは言えなかった。

「お前らしくないな、いつものようにしてればいいだろう」

背中を、バンッと音がするほど叩かれた。

「ちょ、痛っ!!　口から内臓が飛び出るかと思いましたわ」

グフッと咳き込むと、ハロルドが肩を揺らして笑う。そして両肩をガシッとつかんできた。

「大丈夫だ、俺の妹をいじめる奴なんていない。お前はお前らしく過ごせばいいんだよ!!」

「お兄様……」

この人、時折、すごく私のことを勇気づけてくれる。逆行前は知らなかった彼の一面に触れることができて嬉しい。自然と頬が緩む。

「俺の妹で、レインハルト様の婚約者でもあるお前を害そうなんて奴、いないだろう」

レインハルトの名を聞き、一気に現実に引き戻された。

それがいるのですよ、私を目の敵にするであろう、超ビッグな黒幕が!! 聖女という素晴らしい肩書を持ち、人畜無害な可愛らしい顔をして、えげつない性格のエミーリア・パジェットが！

ハロルドはスンとなった私を勇気づけるためか、ガクガクと肩を揺さぶった。

「大丈夫だから、心配するなって!! そろそろ講堂に行くぞ。式が始まる」

張り切って先頭を歩くハロルドのあとに続いた。


入学式はスムーズに終わり、その後は教室に移動となる。転入生はここに慣れていない者同士、まずは同じクラスにしたほうがいいだろうというアカデミーの方針から、レインハルトとは同じクラス。いらない、そんな気遣い。

教室は日差しの差し込む、明るい空間だった。

五人ほど座れる長い机が平行に並んでいる。机の間には広めの通路があるため、中央部の座席にも移動しやすい。教室は階段状で後ろに行くほど机が高い位置に配置されているため、後ろでも授業が受けやすい。

どうやら座席は決まっておらず、自由みたいだ。生徒が数名まばらに座っているが、それぞれ本を読んだりおしゃべりをしたり、好きに過ごしていた。

私は廊下側のあまり目立たない席を選び、そっと腰かけた。

私の三列後ろには女生徒が三名集まり、おしゃべりに花を咲かせている。

彼女たちの会話は天気の話から、美味《おい》しいお菓子の話、誰が誰を好きだとかの噂《うわさ》話。

きっと私の存在など、気にもしていないのだろう。

「ねぇ、お聞きになりました？」

頬杖《ほおづえ》をつき、ボーッとしていると、後ろの女生徒が興奮気味に言った。

「癒《い》やしの力に目覚めた聖女がついに現れたみたいですわ」

自然と入ってきた会話に耳がピクリと反応した。

エミーリアのことだ、間違いない。

彼女の力はすでに目覚めている……。

私は両手をギュッと握りしめた。

彼女たちのおしゃべりは止まらない。私は少しでも情報を仕入れようと聞き耳を立てる。

「それがなんと、このアカデミーの生徒らしいの」

「まぁ、なんて素晴らしいの!!」

ああ、その先は聞かなくてもわかる。耳を塞ぎたい。

机に突っ伏した時、急に周囲が静かになった。

えっ、どうしたのかしら。

恐る恐る顔を上げると、皆が注目している人物がいた。

遠目からでもわかるサラサラの黒髪に、情熱的な赤い瞳。——レインハルトだ。

扉のすぐそばに立ち、誰かを捜すように周囲を見回している。

その時、ふいに顔をこちらに向けた彼とバチッと目が合った。レインハルトは一瞬目を見開いたあと、すぐに優しげな笑みを浮かべた。あろうことか彼はそのまま私目がけて、歩き出す。

ちょ、そばに来なくていいから!!

「レイテシア」

彼は私のすぐ横に立つと嬉しそうに微笑み、私の名前を呼ぶ。

「なに？　どうしたの？」

私はわざとつっけんどんな態度を取る。ここでクラスメイトに仲がいいと誤解されては困るからだ。私たちの婚約は知れ渡っていると噂《うわさ》で聞いた。レインハルトは有名人なのでそれは仕方ない。

だが仲良しだと思われては困るのだ。

なんなら、家柄重視で親が決めた政略結婚の相手だと周囲に認識してほしい。そのほうがエミーリアが登場した時、婚約者という立場を譲りやすいだろうから。

「待っていてくれれば良かったのに」

「へ、なんで？」

私は驚いて目を瞬《またた》かせた。

「ここに来るのに迷ったの？」

首を傾《かし》げると、レインハルトは大げさなため息をつく。

「いや、そういうわけではない。ただ、一緒に来たかっただけだ、レイテシア」

ちょ、そういう誤解を生む発言はやめい!!

焦《あせ》って周囲を見渡すと、後方に座っていた女生徒たちはポーッとレインハルトに見惚れている。

ああ、逆行前だったら、呪わんばかりににらんでいた。

まあそもそもレインハルトから、こんな笑顔を向けられることも、なかったけどね!!

「あなたでも、初めての場所じゃ不安になるのね」

どこにいても物おじしない性格だと思っていたので、意外だ。

するとレインハルトは肩をすくめた。

「本当にお前はわかっていないな」

そう言いながら、私の隣に腰かけた。

ちょっと、なんでわざわざそこに来るのかしら。席はたくさん空いているでしょうに。

そして頬杖《ほおづえ》をつき、私のことをじっと見てくる。なにか言いたいことでもあるのだろうか。

「ああ、ここの制服も似合っている」

真正面から褒められ、驚いて瞬《まばた》きを繰り返した。自然と頬が赤くなる。気づかれるのもしゃくなので、そっぽを向いた。

「それはどうも」

素っ気なく返答するが、胸の鼓動が速い。

「これから学ぶことも多くなるし、忙しくなるだろうが、王太子妃教育も始めないとな」

ん？　今、なんて言った？

ギギギとぎこちない動きで顔を向けると、レインハルトはまばゆいばかりの笑顔を向けている。

「そ、それはちょっと……」

私は思いっきり体を引き、距離を取ろうとする。

どうせ無駄になる教育なら受けたくない。それになに？　王太子妃教育って？　逆行前はそんなこと、会話に出たこともなかった。

「貴様、レインハルト様からの申し出を拒否するとは、なにごとだ!?」

スッと姿を現したのはデミアンだった。

あ～、はいはい。あんたもどこかにいると思っていたよ。

デミアンは、あからさまにため息をついた。

「仮にも未来の王太子妃ともあろう者が、その態度。それでは国民に愛される妃《きさき》にはほど遠いぞ」

王太子妃になんて、なるはずもないから安心して。

「――デミアン」

視線をスッと向けたのはレインハルトだった。興奮していたデミアンは我に返ったようだ。

「失礼しました、レインハルト様」

一歩後ろへ下がると頭を下げ、そのまま距離を取って見守る姿勢を取る。

ああ、やっとうるさいのがいなくなった。

ホッと息をつくと、レインハルトが軽く笑った。

「デミアンが口うるさいのは変わらないな」

「いえ、むしろ酷《ひど》くなっていると思うわ」

私とレインハルトの婚約が決まってからというもの、私に王太子妃たるもの云々《うんぬん》と語ってくることが多くなった。そこに私に対する敬意は欠片《かけら》もない。すべては敬愛するレインハルトのためだ。

「まぁ、俺としても気になるがな。俺のことをどう思っているのか――」

レインハルトが手を伸ばし、私の髪をひと房、手に取った。その仕草にドキッとする。

「――距離が近い」

その言葉とともに、私とレインハルトの間にヌッと顔を出したのはハロルドだった。

「お、お兄様？」

いきなり現れたハロルドに驚きを隠せない。

「レインハルト様、近づきすぎじゃありませんか？　ここは教室です。適切な距離を取りませんと、周囲の者が困惑するでしょう」

ハロルドが私の気持ちを代弁してくれる。逆行前は私のことを庇《かば》うどころか、意地悪ばかりしていたのに、私のためにレインハルトにここまで言ってくれるとは、成長したなぁ。

いいぞ、もっと言って‼　その調子‼

心の中でハロルドにエールを送る。だがレインハルトはちっとも気にしていないようだ。

「それより、もうすぐ予鈴が鳴ると思うが……」

レインハルトが時計に視線を向けると、ハロルドが慌てた。

「やばっ……戻らないと。じゃあな、レイテシア」

去り際に私の頭をクシャクシャッと撫でていく。

「なにしに来たんだ？」

「さぁ？」

レインハルトと顔を見合わせ、首を傾《かし》げた。

その時、教室に一人の女性が入ってきた。

サラサラの髪、シミ一つない透き通った白い肌。こぼれ落ちそうな大きな瞳に艶《つや》やかな唇。

姿が視界に入った瞬間、一気に緊張感が高まる。

エミーリア・パジェット。

世間的には聖女——だが、私だけが知る、稀代《きたい》の悪女の登場だ。

でもどうしてここにいるのだろう。エミーリアは別のクラスのはずだ。そこだけはちゃんと確認して、ホッとしたもの。

エミーリアはキョロキョロと周囲を見回した。そして私たちに視線を向けると、軽やかな足取りでこちらへ近寄る。

やめて、来ないで――

私だけに見せた残虐な笑みが、脳裏をちらつく。胸が苦しくなる。

「レインハルト様」

近づいてきたエミーリアは美しい顔に満面の笑みを浮かべている。

その眼差しを向けられたら、誰もが恋に落ちてしまうだろう。そのぐらい彼女は美しかった。

「どうした、エミーリア」

親しげに彼女の名前を呼ぶレインハルト。

ああ、もう二人はお互いを意識する間柄になっているのかもしれない。

胸がチクリと痛んだ。だがすぐに我に返る。

なによ、願ったり叶ったりじゃない。エミーリアに出会ったら、レインハルトを差し出すと決めていたのだから!!

腰を静かに浮かせ、ソソソッと移動してレインハルトと距離を取る。

そしてそっぽを向き、私は関係ありません、興味もありません、と態度で示した。

レインハルトとエミーリアが世間話で盛り上がるかと思いきや、急に腰をグイッとつかまれる。

「ああ、紹介しよう。レイテシア・ローレンス、俺の婚約者だ」

ぎゃあぁぁぁ!! あなた、なに、私とエミーリアをわざわざ引き合わせているんだ!!

白目をむいて倒れそう。

「まぁ、婚約なさったとお聞きしていたのですが、おめでとうございます。とても美しい方ですね」

エミーリアは微笑みを絶やさない。彼女はスッと手を胸に当て、静かに頭を下げた。

「私はエミーリア・パジェットです。仲良くしていただけたら嬉しいですわ」

「……ええ」

完璧な淑女の挨拶。一方、私は声の震えを隠して返事をするのが精いっぱいだった。

騙《だま》されるな、私。エミーリアに嫌というほど痛めつけられた人生だったじゃないか。今世では絶対に深く関わらないと決めていた。

ぎこちない表情になっているせいか、頬がピクピクと痙攣《けいれん》する。

レインハルトは眉をひそめている。私の様子がおかしいことに気づいたのかもしれない。

その時、教室に一人の背の高い男子生徒が入ってきた。

あれ、あの人は……

思わず立ち上がった。

「フェリオス……？」

背の高い男子生徒がパッと私に視線を向ける。そして瞬《まばた》きを二回繰り返したあと、頬を緩めた。

「レイテシア？」

フワッと柔らかな笑みを浮かべるフェリオス。私は懐かしさのあまり、そのまま駆け寄った。

「久しぶりね、フェリオス。まさかここで出会うなんて」

「僕も驚いたよ。しかも同じクラスだなんて」

私たちは手を取り合い、再会を喜び合った。

フェリオス・オルト。親同士が親友で、よく屋敷に遊びに来ていた優しい幼馴染《おさななじ》み。

「レイテシアは元気だった？」

「ええ、おかげさまで元気よ」

「相変わらずバッタとか平気なの？」

「いつの話をしているのよ!!」

予期せぬ再会に興奮していると、肩をガシッとつかまれた。

「誰だ、レイテシア」

レインハルトが険しい顔をしていた。

「お、幼馴染《おさななじ》みだけど……」

「……」

一瞬目を細め、値踏みするような視線をフェリオスに向けるレインハルト。

「はじめまして、レインハルト様。フェリオス・オルトです」

フェリオスは戸惑ったふうながらも、そっと頭を下げた。

一方、レインハルトは険しい表情を崩さない。

その時、ふいに視線を感じた。パッと顔を向けると、その視線の主とバチリと目が合った。

エミーリアだ。スッと目を細め、底冷えするような冷たい眼差しを私に向けている。

いけない、敵視されてしまう……

目を逸らし、肩に置かれたレインハルトの手を払おうとする。だが、逆にグッと力が込められた。

ちょ、離してってば。

その時、バタバタと足音が聞こえたと思ったら、男子生徒が二人、教室に飛び込んできた。

「ああ、エミーリア。ここにいたんだね」

二人はエミーリアを見つけると頬を緩ませる。どうやら彼女を捜しに来たみたいだ。

相変わらず、取り巻きを引き連れているんだな。

逆行前も彼女に群がる男は一人や二人ではなかった。エミーリアは自身の美しさを十分に理解し、武器にしていた。気に食わないことがあれば、自分の手は汚さず、それとなく周囲に動くように仕向ける。男たちはエミーリアに好かれるために必死だったので、私のことを陥《おとしい》れようとしたことも一度や二度ではない。

「エミーリアは隣のクラスだろう。どうしてここに？」

「ご挨拶に来ていたの」

首を少し傾《かし》げてフワッと微笑む姿は、まるで花の妖精のようだ。儚《はかな》く美しい。手を伸ばして触れたくなるほど。だが私は騙《だま》されない。そのお腹の中が真っ黒なこと、知っているんだから。

「もうすぐ先生が来る。早く戻ろう」

取り巻きが急《せ》かすが、エミーリアはゆったりと微笑む。

「ではレインハルト様、失礼しますわ」

挨拶のあと、エミーリアはその大きな瞳で私をじっと見つめる。

背筋がゾッとした。美しい顔に浮かぶ微笑みは儚《はかな》げだ。だが、内心では私のことを値踏みしているはず。自分こそがレインハルトの隣に立つ、王太子妃に相応《ふさわ》しいと。

逆行前、そんなエミーリアに真正面からケンカを売った私。そして完膚《かんぷ》なきまでに叩きのめされ、断罪されたのだ。

私はスッと深く息を吸い込む。

「さっきはごめんなさい。改めて挨拶をさせてくださる？　私はレイテシア・ローレンス。これからよろしくお願いしますわ」

にっこりと微笑んでみせた。そう、敵意がないことを示すのだ。

私はレインハルトとの婚約に固執していないし、エミーリアをライバル視もしていない。むしろ聖女と崇《あが》められるあなたが、レインハルトの横に相応《ふさわ》しいのでは？　と徐々に態度に出していこう。

「ありがとうございます、レイテシア様。以前からお話は聞いておりました」

エミーリアは微笑みかけてくる。

「あら、私のことを知っていてくださったなんて、光栄ですわ」

努めて冷静を装《よそお》う。私のことを知っていたなんて、背筋がゾッとする。

だが、怖気《おじけ》づいていると悟られてはいけない。

「レインハルト様の婚約者ですもの。とても優秀な方だとか？」

「いいえ、そんなことはありませんわ。私など、レインハルト様の優秀さの足元にも及びません」

「それでも魔法学園では次席でしょう？　すごいことですわ」

「いえ、私などよりも、エミーリア様のほうがご立派ですわ。聖女の力が目覚めたとお聞きしております」

エミーリアははにかんだ笑顔を見せながらも、誇らしげだ。

「素晴らしいですわ。その力は国の誇りです」

オホホホ、と朗らかに微笑み、互いに褒め合う。

なにこの褒め殺し合戦。とにかく表面上は友好的に接しよう。お互いが心の中でどう思おうと自由だわ。

そして、チャイムが鳴り響く。

「あら、もう戻りませんと」

「ええ、先生が来てしまいますわね」

エミーリアはお辞儀をすると、取り巻きを連れて教室から出ていった。

彼女が去ったあと、ドッと背中に汗をかいた。それだけ緊張していたのだ。

「どうしたの？　レイテシア。席につこうよ」

フェリオスが腰を折り、私の顔をのぞき込んでくる。

「ええ、そうね」

フェリオスは一番前の席に腰を下ろす。その隣に座ろうとすると、グイッと腕をつかまれた。

「お前はこっちだ」

「えっ？」

そのまま腕を引っ張られ、最初に座った場所に連行された。

フェリオスはあっけに取られていたが、その後苦笑を浮かべる。

「別に席なんてどこだっていいじゃない」

「なにか言ったか？」

ちょっと不機嫌そうなレインハルトが顔をのぞき込んできた。

「なんでもないわ」

慌てて取り繕《つくろ》うと前を向いた。

＊＊＊

王国アカデミーでの日々は特段問題なく過ぎていった。

今は選択科目の時間だ。剣術か魔力かの選択によって分かれて授業を受けるのだ。私はもちろん後者。フェリオスも一緒だった。

「嬉しいな、フェリオスも一緒だなんて」

「うん、剣術は苦手だからさ。それに今日は自習らしいね」

それはラッキーだ。

「ねえ、外では剣の実技試験をしているみたいだよ」

「剣の？」

「うん。すごい迫力らしい」

フェリオスの発言を聞き、少し考える。剣の実技試験……そうだ、思い出した!!

確かこの実技試験でレインハルトは足首をひねってしまう。それをエミーリアが聖女の力で治療したんだった。レインハルトはエミーリアの力に感心すると同時に、意識し始めたはず。

これってまさに婚約破棄への第一歩じゃない!!

ここから私が二人の仲を邪魔しなければ、断罪は避けられるはずよね。

「ちょっと行ってみない？　僕、見てみたい」

「え？　今から？」

「うん、抜け出していこうよ」

確かに見たい気もする。剣術もそうだが、レインハルトとエミーリアが意識し始める瞬間を。

「行きましょう!!」

勢いよく立ち上がると、フェリオスと教室を抜け出した。


剣の実技試験は楕円形《だえんけい》の競技場でやっていた。ここは様々な競技がおこなわれる場所だ。上は観客席になっていて、競技を見ることができる。

私とフェリオスはこっそり二階に上がり、隅のほうに腰かけた。

「すごい、迫力があるわね」

「うん」

実技試験を見ながらフェリオスにこっそりと耳打ちをする。

大勢の生徒がいるけれど、レインハルトはすぐに見つかった。やはり彼は目立つ風貌をしている。

「レインハルト様はかっこいいなぁ」

ポツリとつぶやいたフェリオスの台詞《せりふ》にドキッとする。

「男の僕でもそう思うよ。レイテシアはすごいな、あの彼に選ばれたんだもの」

「別に……選ばれたわけじゃないわ」

感心したようなフェリオスに言葉を濁《にご》す。

「そうかな？　レインハルト様のこと嫌いなの？」

直球な質問にウッと言葉に詰まる。

「き、嫌いとかじゃなくて……」

思わず視線をキョロキョロとさまよわせる。

「自信を持てばいいじゃない。レインハルト様はレイテシアのことをずっと見ているよ。それに僕とレイテシアが話していると、険しい顔でにらんでくる」

こんな顔で、と言いながらフェリオスは眉間に皺《しわ》を寄せた。

「そんな顔してないでしょ？」

「いや、してるって!!　僕のこと憎たらしいと思っているはず。それこそ僕がこの実技試験に参加したら、ボコボコにされること間違いなし」

必死に訴えてくるフェリオスと会話を楽しむ。

その時、遠くから強い視線を感じた。今まさに、フェリオスが言ったとおり、レインハルトが眉間に皺《しわ》を寄せて険しい表情を浮かべている。

うわっ、ばれた。

思わず身を縮め、フェリオスの背後に隠れた。ソッと顔を出すと、レインハルトはさらに鋭い表情になっている。殺気すら感じる。多少騒がしくしたかもしれないけど怒りすぎじゃない？

「背筋がゾクゾクしてきたわ」

「ん？　風邪かい」

呑気《のんき》なフェリオスは気づいていないようだ。

そうこうしているうちに、レインハルトの番がきた。最初の対戦相手の剣を彼は軽く薙《な》ぎ払った。

「うわぁ、一瞬で片がついたなー。相手は騎士団長の息子で、それなりに練習もしていただろうに。レインハルト様の威圧感にやられたかな、これは」

フェリオスの解説を聞く。

「詳しいのね」

「うん。僕、剣術を見るのは好きなんだ。やるのはからきしだけど、時折見学に来ているよ」

次の相手にもレインハルトは軽く勝利する。

「強いわね」

「でも、レインハルト様の剣、いつもより荒いね。あまり集中できていない気がする」

「そうかしら？」

私が見てもさっぱりわからない。

「その違いがわかるだなんて、どれだけ彼を研究しているのよ」

「僕？　僕はレインハルト様に憧れているからさ」

クスクスと笑っていると、また強い視線を感じる。ハッとして首をすくめた。フェリオスもレインハルトの視線に気づいたようだ。

「ああ、集中できない原因はこれかぁ……」

「えっ？」

つぶやいた言葉が聞き取れず、身を乗り出す。

「よく聞こえなかったわ」

「いや、別に。ひとりごと」

「そこまで言ったら言いなさいよ。気になるでしょう」

まぁまぁと、フェリオスにごまかされる。

「もう次から、ついてこないからね」

プンッとフェリオスから顔を逸らし、次にレインハルトに視線を向けたその時だった。

彼の腕を剣がかすめると同時に、真っ白のシャツに飛び散る鮮血。

えっ!?　血が流れている!!

叫びそうになった口を思わず両手で押さえる。

あたりは騒然としている。レインハルトは左腕を押さえ、苦しげな表情を見せていた。

どうして⁉　逆行前は足首をひねっただけで終わった。血が流れるなんてなかったはずよ。白いシャツがあっという間に赤く染まる。どうしよう、早く血を止めないと‼

「レイテシア⁉」

気がつくと体が走り出していた。フェリオスが驚いた声を出す。

階段を下り、急いでレインハルトのもとへ駆けつける。

いきなり現れた私に周囲は戸惑いつつも、道をあけてくれる。息を切らしつつレインハルトに近づくと、彼はそっと顔を上げた。そして皮肉げに口の端を上げる。

「みっともないところを見られたな」

レインハルトは切られた箇所を右手で押さえている。

平気そうに振る舞っているが、相当痛いはずだ。練習用の剣だから、この程度の傷ですんだが、本物の剣だったら、大変なことになっていたはず。そう思うとゾッとする。

唇をギュッと噛みしめ、しゃがみ込む。そしてレインハルトと視線を合わせた。

ポケットから、いつも持ち歩いているお手製のポーションを取り出す。

蓋を外すと、無言でレインハルトの腕を取った。

「ちょっとしみるかもしれないけど、我慢して」

傷口に、ポーションをバシャバシャとかけた。

「おお、すごい。傷口がふさがっていくぞ」

「ハイクラスポーションか？」

周囲のざわめきが聞こえる。ポーションをすべてかけ終える。どうやら血は止まったようだ。

ホッとして顔を上げると、私を真剣に見つめるレインハルトと目が合った。

「これでいいわ。早く医務室に行って」

あくまでも応急処置なので、ちゃんとした医者に診《み》てもらったほうがいい。

「痛みが消えた」

「えっ？」

レインハルトは立ち上がると、左腕を動かしてみせた。

「さすが、魔法学園で成績上位だっただけあるな」

面と向かって褒められたので、照れてしまう。どうしたんだろう、素直に褒めるなんて。

「え、でも、そんな……」

不本意ながら頬が熱くなり、視線をさまよわせた。

「まあ、上位といっても万年二位だったけどな」

レインハルトは肩を揺らし、クッと笑った。その言葉で私は真顔になる。

「あっ、そう。一位は自分だったって言いたいんでしょ」

口を尖《とが》らせ、腰に手を当てた。そんな私に助けられて不満かもしれないけど、感謝しなさいよね。

何度も左腕をさすっているレインハルトは、どこも痛くないようだ。

「怪しい飲み薬よりも、こっちのほうが才能があるのかもしれない」

「ちょっと、怪しいって余計だわ。ちゃんとした薬ですから」

「前に飲まされたものは、この世のものと思えないほど、恐ろしい味だったぞ」

以前、授業で作成した回復薬の味見をした時のことを言っているのだろう。

あの時、レインハルトは苦虫を十匹ぐらい噛み潰したような顔をしてたっけ。

「でも効果は抜群だから。私の作る回復薬は優れているって評価ももらったし」

「だが、あの味を口にすると、怪我が回復する前に天に召されそうになる」

グッと言葉に詰まった。

「なによ、そんなひどいこと言うなら、もう助けてやらないからね」

プイッとそっぽを向く。もうフェリオスのところに戻ろう。

背を向け駆け出そうとした時、腕をグッと取られた。

「なに……」

振り返ろうとすると、背後からギュッと抱きしめられる。

フワッと爽《さわ》やかなレインハルトの香りがする。

「お前が来てくれて、すごく嬉しかった。――ありがとう」

耳元でささやかれた低い声。胸の下に回された腕にギュッと力がこもった。

ちょ、ちょっと、こんな大勢の人の前で――!!

心臓がバクバクと音を立てる。顔が熱くて息が止まりそう。なにか言おうとしても口がパクパクと開閉するだけ。レインハルトの腕は力強く、緩みそうにない。

その時、教師が血相を変え、校医を引きずるようにして駆けてきた。

「ほ、ほら、ちゃんと診《み》てもらったほうがいいから」

動揺しながらそう言うと、拘束がようやく緩む。その隙にレインハルトの腕の中から逃げ出す。

ホッとして顔を上げた時、バチッと目が合った人物がいた。

新緑色の瞳に背筋が寒くなるほどの冷ややかさを浮かべてこちらを見ていたのは、エミーリアだった。

あっ……、しまった……!!

その時になってようやく私は自身の過《あやま》ちに気づく。本来ならここで、エミーリアがレインハルトを助けに現れるはずだった。二人が急接近する大事なイベントだったのに……。やってしまった、二人の邪魔をしてしまった!!

頭を抱えそうになったが、エミーリアは目を細めて私を見たあと、静かに顔を背けた。そのままスタスタと歩き出し、その場から去っていく。

まずい、エミーリアもレインハルトを助ける気だったんだ。それを私がしゃしゃり出たせいで……

心臓がドクドクと音を立てる。嫌な汗がたらりと流れた。

でも、足首をひねったぐらいだったら、私だって手を出さなかった。血が流れたので動揺して、気づけば飛び出していた。

エミーリアの冷たい視線を思い出すと、背筋がゾクゾクする。

逆行前、私に向けていた視線と同じ、私のことを完全に邪魔者だと認識した眼差し。

どうしよう、エミーリアに関わらずに穏便に過ごし、時機がきたら婚約者の座をどうぞどうぞと譲り渡すつもりだったのに。すべてが水の泡になった瞬間だった。


フェリオスと一緒に教室に戻ったあとも、私は後悔し続けていた。

あああ、やってしまったよー!!

休憩時間になり、机に突っ伏していると人の気配がした。

顔を上げ、そこにいた人物を見て、ギョッとして体を反らす。

「すごいですわ、レイテシア様。さきほどポーションをお使いになってレインハルト様を助けましたわよね？　あれはお手製ですか？　私、感激しましたわ」

エミーリアは大げさな身振り手振りで褒めちぎってくるが、その目は笑っていない。

「そんな、たまたまですわ。そんなに得意じゃないですし」

「いえ、あれほどのポーションが作れるなんて素晴らしいですわ。いつから作れるのですか？」

きた、これは探りを入れにきているのだろう。

「いえ、そんなに得意じゃなくてまだ、勉強中なのです。さっきは助けようと思ってとっさに対応しただけですから」

ああ、頼むから私に接近するのはやめてくれ。

「そうだよね、すごかったよ、レイテシア」

フェリオスが横からヒョイッと口を挟んだ。彼は興奮気味に続ける。

「相手がレインハルト様だったから、思わぬ力が発揮されたんじゃない？　大事な婚約者様だし」

ちょ、黙れって。呑気《のんき》なフェリオスの頭を引っぱたきたくなった。人の気も知らないで……!!

「そうですわよね、お二人は婚約した仲ですものね」

エミーリアは首を傾《かし》げてにっこりと微笑むが、相変わらず目は笑っていない。目の奥にある暗い光に、背筋がゾゾッとする。

「まるでレイテシア様が聖女のようですわ」

絶対、そう思っていないだろう!!

「そうだね。この国の聖女はエミーリアとレイテシアの二人かもしれないよ」

フェリオス、頼むから黙れってェぇぇぇ!!

エミーリアの放つ冷たい空気に気づけよ、いい加減。

「やめてちょうだい。そんなわけないから!!」

教室がシーンと静まり返った。

あっ、しまった。つい大きな声が出てしまった。

周囲から注目を浴びていることに気づき、体が硬直する。

その時、扉からレインハルトが入ってくる。そして私に近づいてきた。

「ご、ごめんなさい、レイテシア様」

エミーリアが大きな声とともに、勢いよく頭を下げた。

「わ、私、そんなレイテシア様の気分を害そうとは思っていなくて……。ただ、素晴らしい力だとお伝えしたかっただけなんです」

大きな瞳にウルウルと涙を浮かべて、切なげな声を絞り出す。

……やられた。

これがエミーリアの手だったじゃないか。決して自分の手を汚さず、周囲を味方につける。逆行前で散々苦い思いをしたのに、私のバカ。

きつい口調で叫んだ私に、謝罪するエミーリア。周囲の目には、さぞや私は悪者に映っていることだろう。ならばここは――

スッと息を吸い込み、ゆっくりと立ち上がる。

「大きな声を出してごめんなさいね。ただ、びっくりしてしまったの。私があなたと同じ力を持っているわけがないわ。聖女はあなたよ、エミーリア様」

にっこり微笑み、再度強調する。

「この国の聖女はあなただけよ」

レインハルトと結ばれるために私が邪魔で仕方ないのだろうが、私に構わないで。

――今の私にできることは、これまでの努力が無駄になる前に、この場から離れることだ。

「ちょっと図書室に用事があるから」

努めて優しい声を出し、そそくさと教室をあとにした。

しばらく一人になりたかったので、人気のないアカデミーの裏手に回り、静かに息を吐き出した。

これでエミーリアから目をつけられたら、断罪まっしぐらじゃない。

でも、あの時、怪我をしたレインハルトを無視することなんて、できなかった。エミーリアが助けに入ると知っていても、気づけば体は動き出していた。

レインハルトの怪我は本当に大丈夫だったのかしら――

「レイテシア」

えっ……？

彼のことを考えるのと私の名が呼ばれるのは同時だった。振り返ると、レインハルトが背後に立っていた。腕には包帯を巻いている。その姿が痛々しくて、思わず眉をひそめた。

「こんなところでどうしたんだ？」

ツカツカと歩み寄ってくるレインハルトからフッと顔を逸らした。

「別に。ちょっと風に当たりたくなっただけ」

素っ気なく言ってしまう。自分でも無性にイライラしていると気づいていた。

「それよりあなた、大丈夫なの？」

「ああ、これか」

レインハルトは自身の腕をそっとさする。

「大したことないのに、皆が大げさなんだ」

そりゃあ、王太子のあなたが授業中に怪我をしたら、周囲は慌てふためくに決まっている。

「お前のおかげだ。――ありがとう」

真正面から見つめられた。レインハルトはちょっと照れているのか、頬が赤らんでいる。そんな彼を直視できず、そっと視線を逸らした。

「いえ、大したことないなら、良かったわ」

つっけんどんな態度を取るが、胸はドキドキしている。なぜ私は彼を意識しているのだろう。

「なにかあったのか？」

ふいに気遣う言葉をかけられ、顔を上げる。彼は真剣な眼差しを私に向けている。

「べ、別になにもないわ」

強がって顔を背けた時、急に腕をつかまれた。

バランスを崩し、レインハルトの胸に倒れ込む。広い胸に支えられ、心臓がドクンと音を立てた。

「様子が変だ」

私を逃すまいと腕をつかむレインハルト。

だ、誰のせいだと思っているのよ……!!

唇をギュッと噛みしめた。そもそもレインハルトともエミーリアとも関わらないと決めていたのに。気づけば逆行前と同じ運命をたどっているような気がして、私は焦《あせ》っているのだ。

レインハルトもまた私を切り捨てるのなら、構わないでほしいのに……!!

目の前で怪我をしたレインハルトを放っておけなくて治療してしまった自分。それによってエミーリアの標的になったかもしれない。

いっそのこと、早々と私を切り捨て、エミーリアの手を取ってほしい。でも、そう思う一方でモ

ヤモヤする自分がいる。この感情はなに……⁉

自分自身がわからず混乱する。

「レイテシア？」

腕をつかむ手にギュッと力が込められ、レインハルトが顔をのぞき込んできた。

赤い瞳に情熱がにじんでいるようで、目を逸らせない。

「――いつもそうだ」

ポツリとつぶやいた。

「お前は時折、なにかを考え込んでいる。そして俺と一線を引くんだ。距離が近づいたと思ったら、すぐに離れ、自分の内に入れようとしない。俺にいつ、心を許してくれるんだ」

エミーリアが現れたのに？　心を許したところで、裏切られるかもしれないのに？

涙がにじみそうになった時、レインハルトがハッとした表情になった。泣きそうになったのに気づいたのかもしれない。顔を背けたら、今度は肩をつかまれた。広い胸に閉じ込められる。

「もっと俺を信用してくれ。なんでもいいから頼ってほしい」

「そ、それは」

「頼られて嬉しくない男なんていない。それも好きな女が相手なら、どんなことをしたって願いを叶えてやりたいと思うだろう？」

私はギュッと手を握りしめ、高鳴る心臓を落ち着かせようとする。

私を拘束する彼の力は強く、離れることはできなかった。

＊＊＊

毎年、新入生が入学する時期に王国アカデミーでは歓迎の舞踏会——春の祭典が開催される。

新入生との親睦を深める意味合いで催《もよお》されるのだが、今年はそれにあわせて国が聖女を歓迎するパレードもするとのことだった。

聖女のお披露目《ひろめ》として、街中を馬車に乗って進むらしい。国をあげてのお祭りだ。王国アカデミーも授業そっちのけで、皆、浮かれた雰囲気になっていた。ただ一人、私をのぞいて。

「……こんなんなら、大人しく授業を受けていたほうがマシだわ。魔法学園にいたらこんな騒ぎに巻き込まれることなんてなかったのに。私の平穏な日常を返せっていうのよ」

ブツブツとつぶやいていると、横から誰かがヌッと現れた。

「なにを言っているの？　レイテシア」

顔をのぞき込んできたのは、フェリオスだ。

「わ、びっくりした」

「そろそろ街でパレードが始まる時間だ。楽しみだね」

ぜんっぜん、楽しみじゃないわ。

腹の中真っ黒聖女を歓迎するパレードなんて興味もない。

「一緒に行こう!!」

「いえ、私は別に……」

視線をサッと逸らし、地面を見つめる。フェリオスは苦笑した。

「そんなこと言ってないで行こう!!　滅多《めった》にないイベントだし、レインハルト様もパレードに参加するって話だし。見に行こうよ」

「えっ、ちょっと待ってよ!!」

フェリオスは私の腕をつかむとグイグイと歩き出した。結局、半ば強引に街まで連れ出される。

街はにぎわい、どこもかしこも浮かれた雰囲気だ。屋台まで出ていて完全にお祭りモード。

皆が聖女エミーリアを歓迎しているのだ。ただ一人、私をのぞいて。

前世で嫌というほど彼女に痛めつけられた私は、こんなパレード、見たくない。

「浮かない顔しているけど、どうしたの？」

フェリオスが私の顔をのぞき込む。きっと楽しいと思って連れ出してくれたのだろう。

だが、私はそっとしておいてほしいのだ。

「パレードにはレインハルト様も参加するらしいから、手を振ってあげると喜ぶんじゃない？」

「そうかしら？　気づかないんじゃないかしら。この人混みでは」

だがフェリオスは意味深に微笑む。

「いや、気づくでしょう。だってレインハルト様はレイテシアのことが大好きだからさ!!」

「そんなことないわよ」

「賭けでもしてみる？　絶対君に気づくよ。そして隣に僕がいるのを見て、苦虫を噛み潰したような顔をするって」

やけに自信満々だが、なにを根拠にそう断言しているのだろう。一度聞いてみたいところだ。

その時、楽器の高い音が鳴り響いた。

「あっ、ほら。きたよ!! パレードの馬車が」

立派な体躯《たいく》の馬たちが華やかに飾りつけられた馬車を引いている。金細工で飾り付けられた馬車に乗る人物と、周囲を取り囲む護衛たち。その中には誇らしげなデミアンもいた。

馬車に乗るのは、レインハルトの腕にそっと手を添え、少し寄りかかりながらも、にこやかな笑みを浮かべているエミーリア。群衆に向かい、手を振る姿は文句なく美しい。

そしてその隣で背筋を伸ばし、まっすぐに前を向いている凛々《りり》しいレインハルト。

二人が寄り添う姿を見たら、誰もがお似合いだと思うだろう。美男美女、そして王太子と聖女の組み合わせだもの。

そう思うとなぜか胸が締め付けられた。

二人を視界に入れたくないと思い、群衆から抜け出した。そのまま少し離れたところでぼんやりと立ち続ける。やがて私の前方にパレードの馬車がさしかかった。

レインハルトの横顔はとても端整だ。

ああ、逆行前、私は紛《まぎ》れもなくこの人に恋をしていたのだ。だからこそ、こんなに胸が痛むのだろうか。

なんだかふいに泣きたくなった。

どうせ私をこっぴどく振るのなら、婚約なんてしなければ良かったのよ。あなたの隣は聖女がお似合いよ。ここにいる皆がそう思っているでしょうよ。

私のこの胸の痛みは、逆行前のレイテシアの感情を引きずっているからだ。そうに違いない。

その時、レインハルトがこちらにふと顔を向ける。私と視線が絡み合った。

するとそれまで表情を崩さずにいたレインハルトがフッと顔を綻《ほころ》ばせた。優しい眼差しをまっすぐに私に向ける。

心臓がドクンと音を立てた。この人混みでは絶対気づくことはないと思っていた。頬が自然と熱を持つ。

そっと頬に手を添え、視線を逸らす。

少しして、もう一度馬車に視線を向けるとレインハルトの熱い視線はまだ私に注がれていた。

「レイテシア、どうしたの？　こんな後方で。疲れちゃった？」

フェリオスが私に近寄ってくる。途端、それまで優しい眼差しを向けていたレインハルトが急に無表情になり、唇を真一文字に結んだ。

いったい、どうしたのだろうか。しかも視線が私の隣に注がれているような……

チラリと隣を見ると、フェリオスが私に気遣う視線を向けている。

フェリオスも視線を感じたのか、パレードを振り返る。

「ほら、僕が言ったとおり。レイテシアに気づいたし、僕をにらんでいるでしょ。賭けは僕の勝ちだね」

フェリオスは苦笑いするが、私は返答に困った。

レインハルトに視線を戻すと、彼と目が合う。しばらく見つめ合った。

その時、エミーリアが、レインハルトの腕に添えていた手に力を込め、ゆっくりと彼の肩にもたれかかった。そしてにっこりと私に向かって微笑む。まるで挑発するように。

——見たくないわ。

私はサッと視線を逸らす。逆行前にこんな場面を見せられようものなら頭に血がのぼり、パレードに乱入していただろう。そして暴れてめちゃめちゃにしていただろうな。でも、もうそんなことはしない。

「見かけと違ってだいぶ気の強いお嬢様だ」

フェリオスの冷静な声を聞き、カッと目を見開いた。

「フェリオスもそう思うの!?」

勢いあまって彼の腕をガシッとつかんだ。私の周囲ではエミーリアを褒め称える話ばかりなので、まさか彼女の本性に勘づく人がいるとは思わなかった。

「うん。そう思うよ。それにレインハルト様に好意を持っているだろうね」

フェリオスは鋭い。ゴクリと喉を鳴らした。

——その時、周囲をつんざくような悲鳴が聞こえた。

「えっ、どうしたの!?」

慌てて周囲を見回すと、群衆はパニックになっている。

いったい、なにが起きているの⁉

次の瞬間、視界に入ったのは、黒くて大きな犬のような生き物。だが、犬と違うのは大きな牙を持ち、額から二本の太い角が生えていること。

あれは――魔獣、ハイウルフだ。

思わず息を呑んだ。本で読んだことがある。魔獣ハイウルフは、本来なら森の奥深くに棲《す》み、人里には下りてこない。そしてその見かけに反して、気性は大人しいと言われている。

なぜ、こんな街中に出現したのだろう。

大人しいはずのハイウルフは目を血走らせ、人々に襲いかかっていく。悲鳴を上げて逃げまどう者たち。ハイウルフに蹴散らされ、転倒する者もいる。

いけない、助けなければ。

横にいるフェリオスに視線を投げると、力強くうなずきが返された。

「まずは人々を避難させないと‼」

「そうね、フェリオスはあっちをお願い。私は噴水のほうへ誘導するから‼」

我先にと駆け出している人々に向かい、声を張り上げた。

「押さないでください‼」

魔獣は興奮状態で息が荒い。まるで我を忘れているように見える。

その時、一人の女の子が私の視界に入った。地面にしゃがみ込み、声を上げて泣いている。きっと親とはぐれてしまったのだろう。

魔獣がピタッと少女に視線を止める。魔獣が少女に向かっていきそうなことに気づき、とっさに少女に向かって駆け出した。

泣きじゃくる少女を抱きしめる。少女はいきなり現れた私に目を丸くしたものの、ギュッとしがみついた。

自ら危険に飛び込んでいくなんてバカなことをしている。でも目の前で子供が害されるかもしれない場面で、大人しく見ていることなんてできない。

魔獣は突如出現した私に目を光らせた。

ああ、私の命はここで散ってしまうのかしら。せっかくやり直したのに魔獣に襲われ、ジ・エンド。塔で恨みながら死ぬのも悲惨だけど、魔獣に食べられるのも嫌だ。やはり私は生きたい。

ギュッと唇を噛みしめ、魔獣の瞳をじっと見つめる。

魔獣は牙をむき出しにし、今にも襲いかからんばかりにグルルルと低く唸《うな》っている。

勢いで飛び出したのはいいけれど、私は恐怖で身を強張《こわば》らせる。しがみつく少女を力強く抱きしめ、ギュッと目を閉じたその時――

「レイテシア!!」

急に名を呼ばれ、パッと目を開ける。

レインハルトが目の前に飛び出し、私を庇《かば》うようにして魔獣と対峙した。

「早く逃げろ!!」

レインハルトは剣を構え、私に叫ぶ。

「わ、わかったわ‼」

私は少女を抱きかかえると、一目散に逃げ出した。

後方では魔獣の咆哮《ほうこう》が聞こえるが、まずは少女を安全な場所に移動させないと‼

無我夢中で魔獣と距離を取り、ここまで来れば大丈夫だろうというところでパッと振り返る。

視界に入ってきたのは剣を構え、魔獣と対峙するレインハルトだった。見事な剣さばきで襲いかかってくる魔獣を一撃で仕留める。

魔獣は地面に崩れ落ちるとピクピクと体を動かし、やがて動かなくなった。

肩で息をするレインハルトが、ゆっくりとこちらを振り返る。

「あ、ありが――」

「このバカが‼　魔獣の前に飛び出すなんてなにを考えているんだ‼」

お礼を言おうとしていた私は、その剣幕《けんまく》に驚いて肩を揺らす。

レインハルトは倒した魔獣には目もくれず、私目指して一直線にやってきた。

また怒られる‼

とっさに構えて身を縮こませた次の瞬間、ふわりと爽《さわ》やかな香りが鼻孔《びこう》をくすぐった。

「無事で良かった」

レインハルトに息苦しいほど強く抱きしめられていることに気づき、目を見開いた。

私の肩口に顔を埋めているので、レインハルトの表情は見えない。だが、ふと気づいてしまう。

レインハルトが震えている。

こんな姿を見るのは、初めてかもしれない。

「私は大丈夫だから。……ありがとう」

彼を落ち着かせようと、そっと手を伸ばし、背中を静かにさすった。

彼の背後には血を流した魔獣が倒れている。その時、ふと違和感を覚えた。

魔獣の足首になにかが絡みついている。

「ねえ、レインハルト。あれはなにかしら？」

私が声をかけるとレインハルトも顔を上げた。

「どうかしたのか？」

レインハルトは気づかないようだ。私は恐る恐る魔獣に近づく。血の匂いが濃くなり、思わず顔をしかめた。街に下りてこなければ、こんな目にあうこともなかっただろう。

——でも、どうしてここに来たの？

注意深く魔獣の亡骸《なきがら》を観察すると、足首にアンクレットがついているのがわかった。

——これは誰がつけたの？

やがて魔獣はサラサラと砂のように消えた。魔獣は命を落とすと、その体は塵《ちり》となって消える。

アンクレットが地面に落ち、カランと音を立てた。

しばし考えたが、アンクレットを手にし、そっとポケットに忍ばせた。

もしかしたら、急に魔獣が現れたことと、なにか関係があるのかもしれない。

そのことに気づき、ゴクリと息を呑んだ。

「ねえ――」

レインハルトに伝えようと振り返った時、鋭い視線に気づく。

パレードの馬車から、私を見下ろす女性。その瞳は冷え冷えとしている。エミーリアだ。

「さっきからいったい、どうしたんだ？」

レインハルトが私の視線を追うように馬車を見る。すると、エミーリアはにこやかに微笑んだ。

「怪我をした方、私のもとに集まってください。治療します」

エミーリアがゆっくりと両腕を広げると、先ほど魔獣に襲われた人や転倒した人、怪我をした人々がわらわらと集まった。

「皆さんの傷を癒《い》やしましょう――」

エミーリアはスッと息を吸い込み、目を閉じる。彼女の全身が銀色の光を放つ。その光はキラキラと輝きながら、空から落ちてくる。

「おお!!　傷がみるみるうちに塞がった!!」

「もう痛くないわ!!」

これが聖女の力。目の前で見る力は偉大だった。人々が口々にエミーリアを褒め称える。

「ありがとうございます、聖女様!!」

「聖女様、素晴らしい力をありがとうございます!!」

熱狂的な群衆にエミーリアはにっこりと微笑む。

「これで軽い怪我なら治るでしょう。重症の方はこちらにいらしてください。直接治療します」

すると一人の男性が前に出る。身なりの良さからいって貴族だろう。

「さきほど転倒して頭がフラフラするんだ」

男性の顔色は悪く、額からは血が流れていた。

「まあ、それはお辛《つら》かったでしょう」

エミーリアは男性にしゃがむように告げると、頭にそっと手をかざした。

「女神のご加護をどうぞお与えください」

手のひらからキラキラとした銀の光が放たれ、男性の傷がみるみるうちに塞がっていく。

「おお、痛くない!!」

「良かったですわ」

男性はエミーリアの手をガシッとつかみ、その手を額に当てる。

「ありがとうございます、私はサーモス伯爵です。今後、聖女様のお役に立てることがあれば、なんでもおっしゃってください!!」

エミーリアは着々と熱心な信者を増やしていく。その力は本物のようだ。

「他にも怪我をした方はどうぞ、申し出てください」

エミーリアは申し出た人々のもとに向かい、順番に聖女の力を使い治療にあたっていた。

その時、私はふと道端の端でうずくまる老人に気づいた。

「大丈夫ですか？」

「ああ、驚きすぎたようで、ちょっと胸が苦しくなってしまって……」

身なりからいって平民だろうおじいさんは、真っ青な顔で冷や汗をかいている。

「ちょっと待っててください」

私はエミーリアに駆け寄った。

「次はあのおじいさん、お願いできる？　とても苦しそうなの」

エミーリアはチラリと視線を投げると、顔をゆがめる。

「ああ、あの方は、安静にしていれば大丈夫でしょう」

冷たい声で返される。

信じられない……!!

だが、このまま引き下がれない。

「でも、すごく具合が悪そうなの」

「心配なら街の診療所にでも行って診《み》てもらえばいいと思うわ」

その返答に唖然《あぜん》としてしまう。

「私の力は誰にでも使うわけではないわ。選ばれた力なのだから」

私だけに聞こえるよう耳元でささやく。

なっ……!!

絶句している私にエミーリアはクスッと笑った。

そして私の横を通り抜け、次の患者のもとに足を向ける。彼女が向かった先にいたのは、貴族の女性だった。彼女は患者を選んでいる。間違いない。

もういい、自分でなんとかするわ。

老人のもとに戻り、手を差し出した。私では治療ができない。いつも持ち歩いているポーションも今日に限って置いてきた。ならせめて、家まで送っていこう。

聖女に治療を求める人々がわらわらと集まってきている。そこでようやく警備隊が動き出した。

「これよりパレードを続行します、もとの位置にお戻りください」

警備隊の指示に従い、エミーリアはパレードに戻る。人々は地面にひれ伏し、聖女様と崇《あが》め称えている。エミーリアは隣に立つレインハルトの腕に手を添え、周囲をグルリと見回すと満足そうに微笑んだ。

魔獣が出現するというアクシデントがあったが、聖女の力で救われたことは確かだ。だが、エミーリアは治療対象者を選んでいる。

なぜあんな性悪女に聖女の力を与えたのか。神よ、人選間違ってないか？　それに魔獣の足首にはまっていたアンクレット、あれはなにを意味するのだろう。

腑《ふ》に落ちないことばかりだ。

納得がいかないまま老人を家まで送り届けると、私はひとまず王国アカデミーに戻った。

アカデミーで開催された夜の舞踏会は、パレードの話で持ちきりだった。魔獣が現れたこと、そしてエミーリアの力がいかに素晴らしかったのか、人々は興奮気味に話し続けた。

「すごいね、昼間の聖女の活躍話で持ちきりだ」

フェリオスが感心した声を出す。

「そうね」

私は興味なさげに返答する。これ以上、聖女の話をしたくなかった。

「これより、ダンスパートナーを決めます」

会場に司会の声が響いた。ダンスパートナーはクッキーの中に入っているクジによって決められることになっている。進行役が手にトレイを持って登場する。トレイの上には焼き上がったクッキーがたくさん載っていた。二つ折りになった形のクッキーの中から、一つだけ選ぶ。

「皆さん、クッキーはいきわたりましたか？」

司会の楽しそうな声が会場に響く。

「それでは一斉に開けてください。同じ数字が書かれている二人がパートナーです!!」

会場が盛り上がる中、フェリオスがクッキーを割る。

「僕は十三だ」

「えっ、私も!!」

同じ数字の書かれた紙を見せ合い、笑ってしまう。

「良かったわ、フェリオスで。知らない人にあたったら、どうしようかと思っていたの」

「それは光栄だな」

こんな偶然、あるのかしら。でも気を遣う相手じゃなかったことに安堵《あんど》する。

「皆さん、パートナーと出会えましたか？」

会場では皆が自分の相手を探している。

「レイテシア、何番だった？」

ふいに声がかかる。振り返ると、そこにいたのはレインハルト。彼が手にしていた紙には七と書かれていた。

「私はもうパートナーを見つけたわ」

隣に並ぶフェリオスにチラリと視線を投げる。レインハルトはあからさまに落胆した。

「よりによってお前か……」

苦い顔を見せるが、フェリオスは苦笑するのみだ。

「……レイテシアを頼んだぞ」

すっごい渋々とした表情だ。

「レインハルト様!!」

げっ、エミーリア。

「レインハルト様が七だとお聞きしました」

「ああ、そうだ」

「光栄ですわ」

パッと顔を輝かせたあと、優雅に腰を折るエミーリア。彼女が手にしているのも七番の紙だった。

ちょっと、これ出来レースなんじゃない？　本日の主役の二人がペアだなんて、うまくいきすぎてるでしょ。――でもまあ、別にいっか。二人で仲良くやればいい。

ソソソッと後ずさる。エミーリアが私に視線を向けた。

「レイテシア様、レインハルト様と――」

「ああ、仲良くやってくださいね」

どうぞどうぞ、私に遠慮せずに。シッシッと手で追い払いたい気持ちをグッとこらえる。

「行きましょうか、フェリオス」

このペアはダンスを一曲踊るまで。その後はどう動こうと自由だと聞いた。だったら早々とダンスを終え、解放されるのみだ。フェリオスの腕に手を添え、そっと顔を上げて微笑んでダンスを踊り始める。

「フェリオスとこうやって踊るのも久しぶりね」

「そうだね、小さい頃以来だ」

小さい頃は一緒にダンスの練習をしたこともあったっけ。

「あの頃より、足を踏まれなくなったたな」

「失礼ね。上達したって言ってくれない？」

その時、ステップを踏み間違え、まんまとフェリオスの足を踏みつけた。

「あっ!!」

「痛っ!!」

顔をしかめたフェリオスに思わず苦笑い。

「ごめんなさい。ちょっと調子に乗ったみたいだわ」

「大丈夫、これぐらい。やっぱり変わっていないようだね」

そして二人で顔を見合わせて笑う。

視線を感じたので顔を向けると、レインハルトと視線が絡み合った。反射的にバッと逸らす。

「どうしたの？」

フェリオスが不思議そうに周囲を見回し、苦笑した。どうやら事態に気づいたようだ。

「ああ、レインハルト様ね。君が気になって仕方ないんだろうな」

きっとレインハルトは、私のダンスが下手だと思っているのだろう。でも今日、足を踏まれるのはあなたじゃない。だから安心してほしい。

一曲を踊り終えると、さすがに汗をかいた。それに慣れない靴を履いているからか、足が痛い。

「楽しかったね」

「ええ」

「もう一曲踊る？」

フェリオスに聞かれるが、首を横に振る。

「いえ、私はいいわ。他の方と踊ってきたら？」

一曲踊ったら、あとは誰と踊ってもいい決まりだ。

「友人を作るチャンスだし。それにほら、フェリオスと踊りたがっている女性もいると思うわ」

そう、さきほどからチラチラと熱い視線を感じる。フェリオスとお近づきになりたい女性もいるだろうから邪魔してはいけない。

「私は喉が渇いたから水を飲んでくるわ」

フェリオスに手を振って別れを告げる。実際、靴ずれが痛いので、もう踊るどころではない。

水を飲んだあと、そっと会場を抜け出した。にぎやかな場は、どうも得意ではない。私一人抜け出したって気にする人もいないだろう。庭園に出て、夜の風に当たる。

やがて庭園の噴水のところまで来た。ここからでも会場のにぎわいが聞こえる。

噴水のふちに腰をかけ、水の流れる音を聞きながら、静かに息を吐き出した。

「レイテシア」

ふいに暗闇から声がかかり、ビクッと肩を震わせる。

「なにをしているんだ、こんなところで」

レインハルトだ、どうしたのだろう。彼も抜け出してきたというの？

「……足を痛めたのか？」

「えっ？」

驚いている私の前に、彼はそっと跪《ひざまず》く。

「見せてみろ」

「いっ、いいの。たいしたことないから」

隠していたつもりだったが、レインハルトに気づかれていたなんて……私のことを見ていたの？

彼は私の隣にそっと腰を下ろす。

「あなたはいいの？　こんなところにいて」

「それをお前が言うか」

レインハルトの返しに、思わず笑ってしまう。レインハルトは続けて言った。

「いいんだ。一曲踊ったし、もう役目は果たした」

そりゃあ、そうだけど……。エミーリアがレインハルトを離すとは思えない。

「俺はお前と踊りたかったんだ」

「えっ」

真剣な眼差しを向けられてドキドキする。いきなり、すっと手を出された。

これは手を出せということ……？

おずおずと手を重ねると、チュッと手の甲に口づけされる。

「えっ、なっ、なに……!!」

突然の行為に真っ赤になって動揺し、手を引っこめる。

「今度、会ってほしい人がいる」

――唐突にどうしたのだろう。だが、レインハルトが頼みごとをしてくるなんて珍しい。

「別にいいけど、どちら様と？」

「……俺の母だ」

レインハルトから聞かされ、驚く。

「えっ、王妃様と？」

「ああ。体が弱くて、最近は床《とこ》に伏せていることが多いが、レイテシアの話をしたらぜひ会いたいと」

いったい、なにを話したのだろう。王妃であるアマーリア様は病弱であまり表舞台には出てこない。それこそ、逆行前の人生でも遠くからお顔を見たことがあるだけで、直接関わったことはなかった。

レインハルトは私の返事をじっと待っている。

正直、面倒なことになるぐらいなら断りたい。だが、断る理由もない。

「わかった」

そう答えると、レインハルトはあきらかにホッとした表情を浮かべた。

「良かった」

王妃様に会ってどうするのだろうか。

「まだここにいるか？」

レインハルトから問われ、しばし考える。

「いいえ、戻るわ」

レインハルトが再び手を差し出す。

「一緒に行こう」

躊躇《ちゅうちょ》しながらもその手を取る。温かな手に、なぜか鼓動が跳ねた。

春の祭典の翌日は休校だ。早速レインハルトに呼び出され、王妃様と会うことになった。それもいきなり王妃様と二人きりだ。緊張する。

「あなたがレイテシアね」

案内されたのは、豪華な調度品に囲まれた一室。この国の王妃、アマーリア様は部屋のソファに座っていた。サラサラとした黒髪にほっそりとした手足。シミ一つなく透き通る肌は年齢よりもぐっと若く見える。レインハルトは王妃様似なんだな。

「はじめまして、レイテシア・ローレンスです」

深々と頭を下げる。

「あら、いいのよ。そんなにかしこまった態度を取らなくて。今日は楽しくおしゃべりをしたいと思って呼んだのだから」

テーブルの上のティースタンドには美味《おい》しそうな焼き菓子が並び、カップからは紅茶の香りがフワッと広がる。

「私、ずっとあなたに会いたかったの」

王妃様は少女のようにあどけなく笑う。

「私にですか？」

「ええ。レインハルトがあなたの話題を出す時、すごく楽しそうだったから」

いったい、なにを話していたんだ、レインハルト。胃がキリキリしてくるわ。

「ふふっ。魔法学園に入学してからあなたの話ばかりするの。学園生活がよほど楽しかったのね」

私は膝の上で手をギュッと握る。

本当にレインハルトはそんなふうに思っていたの……？

私はわざわざあなたとは別の道をたどりたくて、魔法学園に入学したのに。

急に王妃様がゴホゴホと咳き込む。

「ごめんなさいね。咳が止まらなくて」

「大丈夫ですか」

立ち上がり、そっと背中をさする。王妃様、すごく辛《つら》そうだ。体が丈夫でないことは噂《うわさ》で聞いていたが、思ったより大変そうだ。

「心配かけてごめんなさいね」

ふわりと微笑む王妃様。少しでも楽になってほしい。なにか私にできることはないかしら？


王妃様に会った翌日、早速レインハルトを呼び出した。

「これを王妃様に渡してほしいの」

透明な瓶に入った乾燥させた薬草を見て、レインハルトは目をパチクリとさせた。

「煎《せん》じて飲めば呼吸が楽になる薬草よ」

瓶を見続けるレインハルトにハッと我に返る。

「あっ、でも迷惑よね。私からの薬草だなんて」

頬がカーッと熱くなった。私ってば恥ずかしい。だいたい、王妃様には専門の薬草士がついているはずだ。まだ学生で素人同然の私が作ったものなど、怪しくて口にできないだろう。咳き込む王妃様を気の毒に思い、なにかできることはないかと思ったのだが、出すぎた真似《まね》だった。

慌てて瓶をサッと引っ込めようとする。

「いや、いただこう」

レインハルトに強く手首をつかまれる。

「母のためを思って持ってきてくれたのだろう」

「ええ、まあ……」

「ありがとう。母も喜ぶはずだ」

その時、レインハルトが見せた笑顔に胸がキュンとなった。

な、なによ、キュンって……!!

赤く染まっているだろう頬を見られまいと、サッと顔を背ける。

「い、いらなかったら捨てていいから」

「そんなことはしないさ」

それよりもいい加減、手首を離してもらえませんか？

「また、母の話し相手になってくれ」

「えっ、ええ」

嬉しそうに微笑むレインハルトの顔を直視できなかった。

第四章　立ち向かうと決めた、運命に！

今日は王国アカデミーで年に数回おこなわれる校外授業の日。

まずは出発地点に生徒全員が集まる。そしてここで三人パーティを組む。

パーティは剣術・魔力のバランスがよくなるように分けられる。クジを引き、同じ数字を引き当てた人たちと集まるが、高等部から入った私は知り合いが少ないため少し心配だ。

行き先はパーティごとに異なる。洞窟だったり山だったり。それもまたクジで決まる。

またフェリオスと一緒だったらいいなぁ。

だが、その考えは甘かった。クジを引いて集まった面子《メンツ》を見て、思わず顔がゆがむ。

私以外の二人の男性は、よく知った顔だったからだ。彼らはエミーリアの取り巻き。エミーリアについて回り、移動教室の時などは、彼女の分の教科書も運んでいる。そして彼らは私を視界に入れると、不機嫌そうに顔をゆがめる。つまり私のことを嫌っている。直接会話をしたことは一度もないが、陰でエミーリアに洗脳されているのだろう。

だからなのか、三人集まっても誰も話そうとしない。私をのぞく二人も無言だ。むっつりと押し黙った表情から『なんでお前なんだよ』という怒りを感じる。

お互い様だっていうの!!　あんたたちの呪いの人形、作ってやろうか？

だがすぐにハッと我に返る。

いけない、いけない。メンヘラは封印よ。ここはにこやかに大人の対応をするのよ。

オホホと笑ってみせたら、取り巻きの一人がチラッと私に視線を投げ、ボソッとつぶやいた。

「一人で笑って変なヤツ……」

ちょっと待ってよ、それって私のこと!? やっぱり呪いの人形作ってやろうかしら。

って違う違う! 落ち着くのよ、私。今日限りのパーティなのだ。

この授業の間だけでも仲良く……は無理でも、普通にしたい。

「今日はよろしくね。頑張りましょうね」

ニコッと微笑んでみる。

だが奴らは、チラッと視線を投げるのみ。あげく背を向けて、深くため息をつきやがった。

なんなのよ、かんじわっる〜。

思わず口から出そうになったがそれをこらえ、仕方なく話を進める。

「場所はどこかしら? 誰かクジを引いてきてくれる?」

パーティの行き先もクジで決まる。取り巻きの一人がクジを引きに行き、戻ってきた。

「俺たちの行き先は、ここから北西に進んだ先にある洞窟。奥に青い花が咲いているからそれを取ってくる」

場所が決まったなら、急いで出発しよう。その時、ふとフェリオスの姿が視界に入った。

「フェリオス」

出発前に挨拶をしようと思い、近寄る。

「やあ、レイテシア。メンバーは決まった？」

そうして私の後方に立つ二人をチラッと見ると、苦笑いする。あまり仲が良くない人たちと一緒になったことに気づいたのだろう。

「お互い頑張ろう。僕はモアナ湖に行くけど、レイテシアは？」

「そうね、頑張りましょう。私は北西の洞窟よ」

それだけ言うと、フェリオスと手を振って別れた。

「さあ、行きましょうか」

特にパーティ内の会話もなく、黙々と目的地を目指す。

途中で会いたくもなかった人物と出くわし、顔がひきつる。エミーリアだ。

「あら、レイテシア様。行き先はどこですの？」

「私は北西の洞窟です」

「ああ、そこならすぐわかるはずですわ。崖の前の大きな岩が目印のはず。お気をつけて」

「ありがとうございます。では」

簡単な挨拶とともにサッと頭を下げる。だが背中に視線を感じ、妙に落ち着かなかった。取り巻きたちはエミーリアに会えてデレデレしている。この対応の差!!　もういいや。仲良くなるのは端から期待していない。とりあえず早く課題を終わらせようと思い、洞窟を目指した。

「ここが目的地かしら？」

そびえたつ崖にぽっかりと大きな穴があいている。奥からは冷たい風が吹いてくる。

「行きましょうか」

まったくやる気を感じられないメンバーたち。返事ぐらいしなさいよ!!

仕方がないので先頭をきって洞窟の奥を目指した。

パーティの一人が、ランタンを手にしているので、周囲は薄暗いながらも進むべき方向はなんとかわかる。しかし誰もしゃべろうとしない。仲良くなることを拒否しているようだ。

それにそれぞれの行き先ではなんらかの試練が待ち構えているという話だったが、今のところ、なにも起きない。

「ねぇ、そもそもこの洞窟で合っているのよね？」

だんだん不安になってくる。それに同じ目的地のパーティだっているはずなのに、私たち以外姿が見えない。これ、おかしいんじゃない……？

不安を感じた時、洞窟の奥からくぐもった音が聞こえた。

「ねえ、今なにか聞こえなかった？」

恐る恐る尋ねると、二人は首を傾《かし》げる。

「さぁ？　聞き間違えじゃないのか」

「そんなことないわ。はっきり聞こえたじゃない」

ついムキになって反論する。そうこうしている間もはっきりと聞こえた。

まるで動物の咆哮《ほうこう》みたい――

「ほら、聞こえるじゃない」

パッと振り返った瞬間、ランタンの灯《あか》りが急にフッと消えた。

「えっ……？」

同時に人の走り去る足音が聞こえる。

「ま、待って!!」

彼らを追いかけたいが、いかんせん周囲は真っ暗だ。こんな時、やみくもに動いては危険だ。

じっとして目が慣れるまで辛抱強く待った。

なぜいきなり灯《あか》りが消えたの？　そもそもあの二人どこへ行ったのだろう。まるで示し合わせたようにいなくなった……まさか最初から暗闇の中に私を置き去りにするつもりだった？

背筋がゾクッとした。

最初からどこか様子がおかしかったもの。これは計画的犯行に違いない。いくら私のことを嫌っていても、これはないんじゃない!?

頭に血がのぼる。洞窟に一人置き去りだなんて、なにが目的なんだろう。単なる嫌がらせだろうか。

やっぱりあの二人の呪いの人形を作ってやる!!　そして針でチクチク刺してやろうか。

その時、洞窟の奥から吹いてきた風が頬を撫で、我に返る。

「ダメダメ、呪いの人形作りは生涯封印だから」

ピシャリと頬を叩いた。まずはこの洞窟から無事に脱出することを考えよう。あの二人を問い詰めるのは、それからでいい。

それに目も少しずつ、暗闇に慣れてきたから動き出そう。ここでじっとしていても仕方ない。

でも、もしかしたら誰か助けに来てくれるかしら？

ふと脳裏に浮かんだのは、レインハルト。

聖女のパレードの時もまっさきに私を助けに来てくれた。

そんなことを考えていたら、涙が出そうになった。

ダメ、今世ではレインハルトには頼らないと決めたはずでしょ。彼はどうせ、エミーリアと恋仲になるのだから、いくら私が信頼を寄せても無駄なのよ。そうよ、今世では自立よ、自立！　男にすがる人生も、幽閉される人生も、歩まないと決めたのだから。

「さあ、行こう」

自分自身を奮い立たせるために、声を張り上げた。

その時、またもや洞窟の奥からなにかの音が聞こえた。

これはなんの声なのかしら？　もしや洞窟の奥で動けなくなった人が助けを求めているとか？

そうだ!!

私はリュックを下ろす。気が動転していて忘れていたが、一通りの準備をしてきたのだ。ガサゴソとリュックの中を漁《あさ》り、取り出したのはランタン。マッチをこすって火を灯《とも》すと、周囲が明るく照らされる。

奥にはなにがあるのだろう。こうなったら私一人でも課題をクリアしてやろうかしら。

そうして私は洞窟の奥へと足を進めた。


しばらくすると洞窟全体に靄《もや》がかかっていることに気づいた。

これは霧？

やはり、引き返そう。奥に進むのは危険だと本能が告げている。

その時、頭がクラッとして、足元がふらついた。

いけない、転んでしまう。

頭を押さえ、自分自身を奮い立たせて体勢を立て直す。

顔を上げた時、見えた光景に息を呑んだ。

えっ、どうして——!?

目の前に広がるのは、華やかな舞踏会の会場。

突如、エミーリアが姿を現す。綺麗《きれい》なドレスを着て笑みを浮かべ、ダンスを踊っている。楽師たちが奏でる音楽が聞こえる。彼女の手を強く握りしめ、愛《いと》しげな眼差しを向けているのはレインハルトだ。彼らはお互いしか視界に入っていない。

胸がギリリと痛んだ。

この光景は覚えている。舞踏会で二人が踊る姿を見て、胸が引き裂かれそうだったもの。

逆行前に見た光景。それがなぜここで再現されているの？

クルクルと目の前で軽やかにダンスを踊る二人。

もう、やめてよ!!

心が悲鳴を上げた時、場面が切り替わる。

石造りの冷たく、閉ざされた空間。高い場所に位置する小さな窓から、かろうじて光が差し込む。

粗末な机と椅子、ベッドが並べられている。

ここは――私が最期を迎えた時忘れの塔だわ!!

なぜ、ここにいるのだろう。息を呑み、目を見開く。足を動かすことができない。

そう、嫉妬《しっと》に駆られた私は、エミーリアの策略にはまって、この部屋で最後の時間を過ごした。

ネズミだって蛇だって平気になった。

様々な感情が交差して胸が苦しい――

「レイテシア」

突如、なにかが肩に触れる感触がある。そして、すごい勢いで揺さぶられた。

ハッとした次の瞬間、目の前の景色が薄暗い洞窟のものになった。視界に飛び込んできたのは、よく知った顔。

「無事で良かった!!」

えっ……!? レインハルト……?

そのまま強く抱き寄せられる。驚きのあまり目を瞬《またた》かせた。

混乱する頭を押さえ、激しく鼓動を刻む心臓を落ち着かせようとする。

「あれ、なんで私ここに……。塔にいたはずじゃ……。それにあなた!!」

キッとレインハルトを見つめた。

「エミーリアと踊っていたでしょう？　彼女はどうしたの!?」

レインハルトは眉をひそめ、険しい表情を浮かべる。

「なにを言っているんだ？」

まるで私がおかしいことを言っているとでも言わんばかりのレインハルトにカッとなった。

「エミーリアと踊っていたじゃない!!　微笑みを浮かべて楽しそうに!!」

そうよ、あなたは私の気持ちなんてお構いなしで、優しい眼差しをエミーリアに向けていた。いつもいつも。そばで見ていた私がどれだけ惨《みじ》めだったかなんて、知らないでしょう!!

彼につかみかかり、詰め寄る。

だが、レインハルトは冷静だった。そっと手を伸ばし、私の頬に触れる。

「頼むから落ち着いてくれ。話ならあとからいくらでも聞くから」

触れた指先が冷たくて、ビクンと体を震える。レインハルトは私の頬に指を滑らせた。

「よほど怖かったのか。……泣くな」

彼に言われて初めて気づいた。私は泣いていた。

「やだ、どうして」

急に恥ずかしくなって慌てて涙を拭《ぬぐ》おうとする。するとレインハルトはギュッと私を抱きしめた。

「怖かっただろう、もう大丈夫だ」

その声色がすごく優しくて、私は涙をこらえることができなかった。レインハルトに抱きついたまま、声を上げて泣いてしまう。

そうよ、私はあなたがエミーリアを選んだことがすごく悔しかったの。そして幽閉されたことも。

逆行前のことは考えないようにしていたのに、やはりトラウマになっていたんだ。

泣いている間も、レインハルトは黙って私を抱きしめてくれた。

今世ではあなたを振り切ると決めたのに……なぜ優しくしてくれるの？

戸惑いながらも嬉しいと思ってしまう自分がいる。

やっぱり私はまだレインハルトのことを、振り切れていないのかもしれない。

「レイテシア」

名前を呼ばれ、顔を上げる。するとレインハルトはサッと私を背に庇《かば》った。

「敵のおでましだ。お前は下がっていろ」

「えっ？」

洞窟の奥から体を揺らしながら現れたのは、熊のような生物だった。見上げるほど大きい。そして熊と違うのは、額に赤く輝く宝石が埋め込まれていること。

「ヒッ……!!」

喉の奥から変な声が出た。あれは魔獣だ。

「ようやくおでましだな」

対するレインハルトは冷静だ。

彼は剣を構え、魔獣に向かっていく。魔獣は爪を振りかざし、レインハルトに襲いかかる。あんなに鋭い爪で切り裂かれたら、ひとたまりもないだろう。

レインハルトは素早く横にかわすと、魔獣の脇から腹を一気に切りつける。そしてすかさず倒れ込んだ魔獣の額、宝石部分に剣を突き刺した。

耳を塞ぎたくなるような断末魔の叫びが、洞窟に響き渡る。

どうっと倒れた魔獣の体は、やがてサラサラと粉のようになり、消えていった。

レインハルトは一息つくと、剣を鞘《さや》にしまいながら歩いてくる。

「この魔獣は洞窟を寝床にして、迷い込んだ動物や人間を獲物とする。近づかなければ、危険ではない。だが、自分のテリトリーに侵入してくると咆哮《ほうこう》を上げ、幻覚を見せる霧を出す。幻覚で惑わしている間に獲物に近づくんだ」

私が見たのは幻覚だったのだ。でも、一番見たくないシーンを見せてくるとは、人の痛いところをついてくれるわ、本当に。

「でも、あなたは平気だったの？」

レインハルトに幻覚は効かないのだろうか。

「王族には強力な魔力返しがかけられている。幻覚も効かないか、かかりにくくなる」

レインハルトは説明しながら制服の胸ポケットから、金のチェーンを取り出す。

「お前にやろうと思って、ずっと持っていたんだ」

グッと私に差し出したチェーンの先には、青い宝石が光り輝いている。

「これは……？」

「魔力返しがかかっているペンダントだ。お守り代わりくらいにはなるだろう」

「あ、ありがとう」

こんな目にあったばかりなので、素直に受け取ろうと思えた。

受け取ったペンダントをじっと見つめる。

「まあ、こんなペンダントに頼らなくても、俺と結婚すれば王族として魔力返しの術がかけられるんだけどな」

「な、なに言っているの！」

「だから早く、決めてしまえよ。俺と結婚するって――」

グッと引き寄せられ、再度抱きしめられる。それだけでドキドキしてしまう。

突き放せばいいのに、なぜかそれができなかった。

「本当に無事で良かった」

彼の手にギュッと力が入った。

「そもそも、なぜこの洞窟に入っている？　ここは魔獣の住処《すみか》だから、立ち入り禁止になっているはずだ。他のメンバーはどうした？」

「えっ……」

ここは立ち入り禁止の洞窟なの？　そんなことは聞いていない。

「フェリオスからお前が北西の洞窟に進んだと聞いたんだ。まさか立ち入り禁止の洞窟には入らないだろうと思いつつも念のため来てみたが、来て正解だったな」

そこで気づく。もしかしてこれは、最初から仕組まれていたのでは？

パーティはエミーリアの取り巻きたち。彼らは嘘の洞窟を教え、私を置き去りにして逃げ出した。

それに途中で会ったエミーリアも、わざと私にこの洞窟の場所を教えたんじゃないのか。

この洞窟で迷わせるか、魔獣に襲われるように仕向けた。あの性格なら、それもあり得る。

ふつふつと怒りが湧き上がる。

私は今世では大人しく、身を引こうと思っていた。エミーリアと再会してもやり過ごそうとしていたが、どうやらそうもいかないようだ。

私はもうすでにエミーリアの中で、排除すべき人物と認定されているに違いない。

だったら——

私は息を吸い、決意する。

もう逃げない。逃げてばかりでは平穏は守れないと、ようやく気づいた。今回の人生ではエミーリアに立ち向かってやる。今世の私には特技もあるし、友人だっている。それに強くなった。

もうあの時の私じゃないわ!!

洞窟から出ると、アカデミーの皆が待ち構えていた。そこには、私のパーティメンバーの姿もあった。

教師が私に駆け寄る。

「無事でしたか‼」

ガシッと両肩をつかみ、息を吐き出した。

「ここには立ち入り禁止の掲示がありましたよね？　なぜ、わざわざここに入ったのですか？」

「え、掲示……？」

そんなものはどこにもなかった。

「ここは魔獣ジュエルグリズリーの住処《すみか》。あの魔獣はこの洞窟から出ません。近寄ってはいけないと中等部の頃から散々言っていたはず‼」

そんな危険な場所だったなんて知らなかった。それに中等部の頃から注意喚起していたとしても、私は高等部からの転入生だ。

「あなたはメンバーの制止も振り切り、一人で中へ向かったと報告を受けました。どうしてそんな危険なことをしたのですか。皆の和を乱して‼」

教師が私を責め立てる。

「僕たちは止めました。目的地は北東の洞窟だと言ったのに、彼女が突っ走りました‼」

「意見も聞きませんでした‼」

えっ、北西の洞窟だって言ったじゃない‼

ここぞとばかりの教師の肩を持つ、エミーリアの取り巻きたち。

やっぱりあんたたち、最初から仕組んでいたのね‼

叱責されるが、私としても言い分はある。

「違います!! 私は――」

はめられたのだ、エミーリアたちに。

興奮状態の教師に反論しようとすると、エミーリアが前にサッと出てきた。

「無事で良かった!! とっても心配していました!!」

私の手を取ると、大げさにギュッと握りしめる。

「本当に無茶はやめてください。単身で乗り込んでいくなんて無謀すぎます」

エミーリアは潤んだ目で私を見上げる。

もとはと言えば、あんたが仕組んだんじゃないの？ 下僕《しもべ》をうまく使って!!

触られている手が気持ち悪く、背筋がゾワゾワする。

ここでなにを言っても、私の分が悪い。エミーリアは尻尾をつかませないだろう。

「手を離して」

思わず手を振り払う。

「心配してくれているのに、あの態度はないわよね」

「プライドだけはバカ高いんだな。可愛げのない」

ひそひそと陰口を叩かれる。

「先生」

その時、口を開いたのはレインハルトだった。

「レイテシアへの話でしたら、あとで執務室を訪ねますので、その時にお願いします」

強い口調で教師に向き合う。

「まっ、まあ、レインハルト君がそう言うなら、いいでしょう」

良かった、いくら私でも皆の前で叱責され続けたくない。

ホッとしてレインハルトに視線を投げると、彼は小さくうなずいた。

微笑みを向けられ、なんだか胸がドキドキする。

「ほら、行くぞ」

そのままグイッと腕を引き、その場から連れ出してくれた。

私のこと、庇《かば》ってくれたんだ。

感動していると、ふと視線を感じ、振り返る。エミーリアが目を細め、私をじっと見ている。今まで、エミーリアとの対立をなんとか避けようとしていた。だけどもう、逃げない。

そして決して負けない!!

鋭い視線を彼女に向け、負けずににらみ返した。


屋敷に帰ると、今日の出来事はしっかりハロルドと父の耳に入っていたようだ。

案の定、こってり絞られた。

これもすべてエミーリアのせいだ。絶対倍にして返すから、待っていなさいよ。

二人から説教されながら、私は復讐《ふくしゅう》を誓った。

＊＊＊

週末、私はお出かけすることにした。

最近は面白くないことが続いたので、気晴らしだ。街へ出て買い物でストレスを発散する。そして午後は、時計台の下へ移動した。

この時計台はここキトロスの街の人気スポットで、人々の待ち合わせ場所としてもよく使われている。私は近くのベンチに腰かけ、行きかう人々をボーッと眺めていた。

「お待たせ、レイテシア」

懐かしい声が聞こえ、パッと振り返る。

「ちょっと遅刻しちゃった」

「ちょっとじゃないわよ。三十分近くも待ったわよ。私を待たせるなんて、いい度胸しているわ」

スッと立ち上がり、プリプリと怒って相手を見下ろす。

「へへ、ごめんごめん。ちょっと発明に夢中になってしまってさ」

「まったくもう相変わらずね。それにしても約束の時間ぐらい守りなさいよ」

久々に会ったロンは背が伸びて、ボサボサだった髪も切ってこざっぱりしていた……ということもなく、以前とどこも変わっていない。あまりにも変化がないので、心が和む。

ロンとは魔法学園を卒業してからも、時折会っていた。

「変わらないわね、ロンは。元気にしていた？」

「うん。なんとかやっているよ。で、君はどうなの？」

「ええ、まあ。なんとかうまくやっているかな」

目を逸らしながら答えると、ロンは肩を揺らし苦笑する。

「なんかあったでしょ。レイテシアは嘘をつく時、必ず目を逸らすんだから」

やはり魔法学園時代ずっと行動をともにしていたロンには見透かされてしまう。観念して息を吐き出した。

「まあ、いろいろあるのよね」

「そっか。僕で良ければ話を聞くよ。とりあえず場所を移動しないか？」

「そうね、落ち着いて話ができる場所に行きましょうか」

周囲を見回すと、ロンが一角を指さした。そこは飲み物や軽食を扱っている店だった。

「じゃあ、あのお店に入りましょう。喉が渇いたし。話を聞いてくれるお礼にご馳走《ちそう》するわ」

「やったね、さすがレイテシア。僕お腹ぺこぺこ!!　レイテシアに会うと思って昨日からなにも食べてない」

「そこはさすがに食べてきなさいよ!!」

「いや、美味《おい》しいご飯をご馳走《ちそう》してくれるかなって、期待していた」

「まったく、その図々しさは呆れを通り越して尊敬さえするわ」

変わらぬロンを見ていると笑いが込み上げる。そのまま二人で店へ向かった。

「それでね、聞いてよ!!　私のことをすごく目の敵にしている女性がいるの。肌で感じるわ、私たちは合わないって」

ここぞとばかりにロンに愚痴をこぼす。

ロンはストローに口をつけて、フルーツジュースをズズッと吸った。

「苦手だからこそ近寄らないようにしていたけど、敵意むき出しなんだから。だからね、私は立ち向かうと決めたの」

「ふーん。大変そうだ」

「なかなか尻尾をつかませないけど、私に接する時にだけ見せる、腹黒な部分を皆に知らせてやりたいわ」

「それで、その仲良くなれない女の人って、僕の知っている人？」

ロンからの質問にドキッとする。いくら世間の話題にあまり興味のないロンでも、聖女であるエミーリアについては耳にしたことがあるだろう。それにこの街でエミーリアのことを知らない人はいない。先日、あんなに派手なパレードがおこなわれたんだもの。こんな公共の場で堂々と聖女の不満を口にするのは、自殺行為だ。だが、日頃のうっぷんを聞いてほしい。

「実はね、聖女といわれているエミーリアと犬猿の仲なのよ」

ロンの耳元でこそっと愚痴を吐く。

「ププッ!!　聖女とそんなことになっているなんて、なにしているんだよ」

案の定、ロンは噴き出し、面白がっている。

「笑わないでよ。こっちは真剣なんだから」

ムッとして口を尖《とが》らせた。ロンは笑いすぎてにじんだ涙を拭《ぬぐ》いながら言った。

「そっか。じゃあ、ちょうど良かったな」

ロンはいつも肩からかけているカバンの中をガサゴソと漁《あさ》り、なにかを取り出して私に差し出した。

「これ、プレゼント」

「なにこれ？　可愛いわね」

それは小さなブローチだった。目の部分が小さく光っている、赤いてんとう虫だ。

「いつの間に発明家からアクセサリ職人に鞍替《くらが》えしたのかしら？」

冗談を言いながら、ブローチを光にかざしてみた。うん、とても可愛いデザインだ。ロンはこっちのセンスがあるんじゃないのかしら？

「それを胸元につけておいて。それで、その女性と接した時、てんとう虫のお尻のスイッチを押して」

「毎回押せばいいの？」

「いや、一度でいいよ」

「わかったわ」

小さな赤いてんとう虫のブローチ。未来の発明家が作った作品だもの。きっとすごい仕掛けが隠されているに違いない。

「あと、これも見て」

「なにこれ？　杖？」

「名付けて微笑みの杖さ」

ロンがスッと差し出したのは、先端に小さなクリスタルがついている杖だ。

可愛らしいデザインだけど、どんな効果があるのだろう。

「これは人を笑顔にするんだ。——えいっ」

突如、ロンが私に向けて杖を振る。杖の先からボンッと音がして、銀色の煙が飛び出した。

「わっ、びっくりした」

音に驚いてのけぞったあと、思わず笑ってしまう。

「ほら、笑顔になった。効果は抜群だ」

ロンはニコニコと笑みを見せ、満足げにしているが、単なるオモチャじゃないか。

自信満々に胸を張るロンだけど、ブローチの仕掛けも、あまり期待しないでおこう……うん。

「先日のパレードで、魔獣と対峙したらしいね」

「えっ、どこでそれを聞いたの？」

「そりゃあ僕だって、一市民だもの。世間の行事くらい興味があるさ」

珍しいこともあるものだ、世間の噂《うわさ》にうとい彼が興味を持つだなんて。

「その時、レインハルト様が皆を守ってくれたそうじゃないか。学園はその話題で持ち切りだったよ。レインハルト様はヒーローのように称えられていた」

「ああ、そうね。……でも、パレードを襲った魔獣はなぜ、街に出現したのかしら？　普通は人里離れた場所に生息しているはずでしょ。それに倒れた魔獣に、気になることがあったの」

あの時の違和感を初めて口にする。そして私は持ってきたアンクレットをロンの前にそっと出した。

「これがね、魔獣の脚につけられていたの」

ロンは興味深そうにアンクレットを手にする。

「これは……」

ロンの瞳が輝き出す。

「なにかわかる？」

私はグイッと身を乗り出した。

「ちょっと預かってもいい？」

ロンは発明家を目指すだけあって、怪しいものに興味を持ちがちだ。そして同じようなマニアックな物知りたちに顔がきく。

「いいわ。なにかわかったら教えてちょうだい」

とりあえず気になっていたアンクレットをロンに渡すことができ、ホッとする。

「なんだか、アカデミーに行ってから大変そうだね」

しみじみとロンが口にする。

「ええ、そうなのよ」

しかもたった一人でエミーリアに対峙すると決めたものだから、正直心細い。返り討ちにあわないとも言い切れない。

「でも、私はもう逃げないって決めたから」

ロンの目を見つめ、宣言する。ロンはニヤリと笑う。

「そっか、頑張って。あと、僕からレイテシアに贈り物があるんだ」

「えっ、このブローチ以外にもあるの？」

期待して身を乗り出した。エミーリアとの対決に使えるものもあるかもしれない。

ロンはカバンからいろいろなものを取り出した。

「ほら、これ。新しい発明品」

その小さなカバンのどこに入っていたのかと不思議に思うほどの数が、テーブルの上に並ぶ。

「すごい、よくこんなに考えたわね」

毎月、お小遣いからロンに出資しているため、律儀に定期的に見せてくれる。

「これは集まれコバエ。机に置くとコバエが集まる。これは拡声機。目覚ましの音が物足りない時は使うといいよ。ただ威力はすさまじく、屋敷中に響き渡ると思うから気をつけて」

起きる前に鼓膜がやぶれてしまうんじゃないかな、それは。

「集まれコバエって……」

「食べ物を放置しているとコバエが集まるだろう？　それを一網打尽にできるのさ」

そもそも食べ物を放置しなければいいのでは？　そう思ったが、黙っておいた。

そうして私は大量のガラクタにも思えなくもないロンの発明品の説明を一通り聞いたあと、帰宅したのだった。


屋敷に戻り、やがて夕食の時間になる。

「今日は出かけていたんだな」

ハロルドから聞かれ、街でロンと会っていたことを話した。

「お前ら、相変わらずつるんでいるのか？」

「ええ、そうですわ。友人ですもの」

ハロルドは肩を揺らし、クッと笑う。

「相変わらずだな、変わり者同士、馬が合うんだろうな」

まったく、失礼なことを言ってくれるわ。とはいえ、ハロルドの口が悪いのは慣れっこなので軽く聞き流す。

「それはそうと、来週は建国祭だな」

ハロルドに言われるまで、すっかり忘れていた。年に一度の建国祭。

「そういえば聞いたか？　先日の聖女のパレードの件。魔獣襲撃によって怪我をした人々の治療にあたった聖女の功績を称えて、建国祭で表彰するそうだ」

「そうなのですか……」

顔が曇る。エミーリアが表彰されるだなんて、納得がいかない。彼女は治療する人を選んでいた。

エミーリアは今後、ますます権力を手にするだろう。同時に私を排除しようと必死になるはずだ。
でも——もう私は負けない。

＊＊＊

明日はついに建国祭。アカデミーもどこか浮かれた雰囲気だ。

廊下に置かれた花瓶からは、花の甘い香りが漂ってくる。

教室へ向かう途中、前から歩いてきたのはエミーリアだった。

アカデミーでエミーリアと二人きりになってしまった。私は警戒モードだ。隙を見せてはならない。

向こうも私に気づくと、まっすぐに視線を向けてきた。すました顔をしているが、その雰囲気は決して好意的ではない。

あっ、そうだ。ロンの発明品!!

胸元につけていたてんとう虫のブローチ。ロンに言われたとおり、そのお尻をカチッと押してみた。……なんの反応もなかった。

なんだよロン、なにか奇跡が起こるのかと、期待してしまったじゃないか。

ガクッと肩を落とすが、すぐに立ち直る。そうだ、ロンの発明は今までだってガラクタばかりだったじゃない。長い目で見よう、稀代《きたい》の発明家と名を馳《は》せるまで。

そう考えているうちにも、エミーリアは近づいてくる。手を伸ばせば届くほどの距離まで近づくと、エミーリアはピタリと立ち止まる。緊張から私の心臓はドクドクいっている。

エミーリアはにっこりと微笑んだ。

「あら、レイテシア様、ごきげんよう」

いつも引き連れている取り巻きたちもおらず、一人だ。これはこの間の件について聞くチャンスだ。

「先日の校外活動で、どうして危険な洞窟だって知っておきながら、私を向かわせたの？」

エミーリアは最初、少し首を傾《かし》げた。だがすぐに微笑んだ。

「あら、人聞きの悪い。それじゃあ、まるで私がわざと危険なところに行かせたみたいじゃない」

そのとおりじゃないか。ピリピリとした空気が周囲に漂う。

「魔獣の棲《す》む洞窟に置き去りにするなんて、やりすぎだわ。いくら私のことを排除したくても」

取り巻きたちがそうするよう、あなたが仕向けたんでしょ？

私がそう言うと、エミーリアは肩をすくめ、息を吐き出す。

「そうよ、あなたが邪魔なの」

本性を現したエミーリアは、美しい顔に残虐な笑みを浮かべる。

「私はね、この世界を代表する聖女なの。私はもっと、賞賛されるべき存在だわ」

「その力は、そんなふうに使うべきじゃない」

聖なる力を私欲に使うのは間違っている。だが彼女は聞く耳を持たない。

「あなたが邪魔なの。レインハルト様から離れてくれないかしら？」

「それはあなたが決めることじゃないわ」

エミーリアは呆れたようにため息をつく。

「あのね、彼の隣に相応《ふさわ》しいのは私なのよ。そのためにはなんでもするわ」

どうして彼女に聖女の力が与えられたのだろう。こんなにも性悪なのに。

「聖女のパレードの時だって、庶民を救えとか言って。冗談じゃないわ」

これが彼女の本性。見た目の美しさに人々は騙《だま》される。だが私は騙《だま》されない。逆行前にあれだけ痛めつけられたのだから。

「私はね、崇高な存在なの。庶民の命など虫ケラ同然よ。踏みつけることにためらいなどないわ」

楽しそうに笑うエミーリアの顔は、悪意により醜《みにく》くゆがんでいる。

「最低ね」

怒りで手が震える。

「そんなこと言っていられるのも、今だけよ。もうすぐ、あなたは大変なことになるから」

「えっ……」

あまりに意味深な言葉にあっけに取られていると、エミーリアはクスッと微笑む。

なんだか嫌な予感がする――

その時、人の話し声が聞こえてきた。

エミーリアは意地の悪い笑みを見せ、廊下に置かれていた花瓶をガシッと手に持つ。

いったい、なにをするつもりなの⁉

エミーリアは花瓶を自分の頭上に掲げると、そのままひっくり返し、花瓶にあった花と水を頭からかぶった。水滴が彼女の髪からしたたり落ちる。

「ごめんなさい、レイテシア様」

同時にエミーリアはさめざめと泣き出した。

はっ？　いったい、どういうこと⁉

「ちょっと……‼」

問いただそうとするが、もう遅かった。私とエミーリアを遠巻きに見ている集団がいる。

顔を伏せて涙をポロポロと流し始めるエミーリア。

やられた……‼

その変わり身の早さ、いきなり大粒の涙を流す芸は誰にでもできることじゃない。妙なところで感心してしまう。

「わざとぶつかったわけじゃないの。だから、そんなに怒らないでください」

エミーリアが両手を組んで私に許しを乞《こ》う。集団がひそひそと話しながら、こちらの様子をうかがっている。

「まさか水をかけたの？　やりすぎよね」

「エミーリア様、おかわいそう」

エミーリアの望んだ展開になっている。ああ、この状況でどちらの言い分を信じるかなんて、火を見るよりもあきらかだ。だが、ここで逃げ出すのもエミーリアの思いどおりになるようでしゃくだ。どうせ私が立ち去ったあと、彼女たちになぐさめてもらうんでしょ。

ならば、と私は顔をグイッと上げる。

そしてさめざめと泣くエミーリアを見下ろし、ビシッと指を突きつけた。

「いいえ、許さないわ」

はっきりと言い切った。どうせ私の評判は地に落ちている。だったらもう、開き直ることに決めた。それに、この場を取り繕《つくろ》うためにエミーリアに優しい言葉なんてかけたくない。

「自分で花瓶の水をかぶるなんて、よほど暑かったのね」

堂々と言い放つ。私はやっていないのだから臆《おく》することはない。

私が慌てふためく姿を想像していたのだろう、エミーリアの肩が揺れた。頬がピクリとひきつったのも見逃さなかった。

これ以上この場にいる必要はない。

スッとエミーリアの横を通り過ぎると、私は教室を目指した。


午後、教室を移動して選択授業を受けていた。

前方の席には、エミーリアと取り巻きたちが座っている。どうやら髪と制服は乾いたようだ。

私はわざと黒板から一番遠い後ろの席を選んだ。彼女とは距離を取りたいから。

取り巻きたちがわざわざ振り返り、私をにらんでくるが気にしない。

今は授業に集中しよう。余計なことを考えたくない。

教師の話を熱心に聞き、ノートを取っていると、なにやら外が騒がしい。

フッと顔を上げるのと同時だった、強張《こわば》った顔をした衛兵と目が合ったのは……

衛兵二人はツカツカと私の前まで歩いてきた。

「レイテシア・ローレンスだな」

「はい」

ただごとじゃない雰囲気に息を呑む。

「王妃様の薬に毒草をまぜた容疑がかかっている。同行願う」

「えっ……!!」

王妃様の薬に毒をまぜた!?

まったく思い当たることがなく、頭が混乱する。

この前レインハルトに渡した、小瓶のことを言っているの!? でも、あれには咳止めの効果がある薬草が入っているだけなのに。

頭が真っ白になったその時、前方に座っていたエミーリアが視界に入った。

彼女は私を見てクスッと笑う。その姿を見た途端、わかってしまった。

あんたの仕業ね……!!

思えば逆行前にも、似たような容疑がかけられた。

あの時はレインハルトに渡した薬がいつの間にか毒薬にすり替わっていた。彼女の思惑どおり、まんまとレインハルトは信じ込み、その結果、私が断罪された。

姑息《こそく》な手段を使うのは、変わっていないのね、エミーリア!!

頭に血がのぼる。つかみかかって、ひっぱたきたい衝動に駆られる。

だが――今はダメだ。

目を閉じて深呼吸を二度繰り返す。

落ち着くの、よく考えるの。

静かに瞼《まぶた》を開ける。衛兵たちは私を連行しようと、手を伸ばす。

「自分で歩けますわ」

その手を払いのけ、スッと立ち上がる。

「なにかの間違いです。身の潔白を証明しますから」

堂々と言い、大人しくついていくことを選ぶ。

その時、隣に座っていたフェリオスが、私の制服の裾をつかんだ。不安げに目を見開き、唇をわななかせている。私は静かに首を横に振る。

大丈夫だから、心配しないで。

私なりにメッセージを伝えた。フェリオスは納得がいかない様子だったが、渋々ながら裾をつかむ手を離した。

衛兵にチラッと視線を向けると、彼らはうなずいた。

ざわつくクラスメイトに見守られ、教室を出る。

この件、レインハルトの耳に入っているのかしら？　もしかして彼も私を疑っている？

そう思うと急に不安になった。だが、今は冷静になって考えるべき。歩きながら改めて私にかけられた容疑を、衛兵に確認する。

整理すると、こうだった。

私がレインハルトを経由して王妃様に渡した瓶の中に毒草がまじっていたという。

それを見つけたのが、エミーリアだった。そのまま瓶の中身を鑑定に出し、さきほど結果が出たそうだ。

やられた……

エミーリアは癒《い》やしの力で王妃様を治療するため、定期的に訪問しているそうだ。

きっとその時に毒草をまぜたに違いない。そして自作自演で騒ぎ立てたのだ。

『そんなこと言っていられるのも、今だけよ。もうすぐ、あなたは大変なことになるから』

彼女の台詞《せりふ》の意味がわかった。

そして私は王宮へ連行され、離れの一室へ案内される。

「明日は大事な建国祭だ。その後に、取り調べをする。それまでここで大人しくしているんだ」

衛兵がぞんざいな物言いをする。この扱い、どうみたって私の意見を聞く気はないだろう。

部屋は広く、調度品も揃っている。牢屋ではなかったのが、まだ救いか……

衛兵が、部屋から出ていく。

しばらくしてから私は扉を開け、そーっと顔を出す。

扉の脇に立つ、衛兵にギロッとにらまれた。

「ははは、ですよねー」

自虐的に笑い、パタンと扉を閉めた。これは監禁だ。明日の建国祭が終わり次第、私を尋問し、判決を下すのだろう。このまま、ここで大人しくしているしかないのだろうか。

悔しくなり、唇をギュッと噛みしめる。

窓を開けて下を見るが、想像していたより高い。一瞬、脱出を考えたが、さすがに命がけすぎる。

「どうすればいいってのよ」

そのまま力なく、床にへたり込んだ。

脳裏に、逆行前に私をあざ笑い、塔に追いやったエミーリアの姿が浮かぶ。

またしても私はエミーリアにしてやられる運命なのだろうか。

すっくと立ち上がりベッドに近づく。そしてドサッとその身を投げ出した。

これからどうしよう。王妃様の薬に毒草をまぜるなど、とんだ濡れぎぬだ。身の潔白を絶対証明してやる。そう、あの時の二の舞になってたまるか。

なんとか策を練らないと……

目を閉じると、浮かんでくるのはレインハルトの顔。この事件を聞いて、どう思っているだろう。もしかしたら、本当に私が毒草をまぜたと信じ込んでいるかもしれない。

胸がキュッと苦しくなる……

なんだか疲れた。

ベッドに身を横たえたまま、静かに目を閉じた。


トントンと扉をノックする音が響き、パッと目を覚ます。

私、いつの間にか寝てしまったみたい。

キョロキョロと周囲を見回し、自分が置かれている状況を理解した。

夢じゃなかったのね……

最悪な現実を実感しつつ、ベッドから下りる。変な体勢で寝てしまったから、髪がはねている。

手で押さえつけていると、再度扉がノックされた。返事をすると、勢いよく扉が開く。

「レイテシア!!」

入ってきた人物の顔を見てギョッとする。

「……レインハルト」

唇をギュッと噛みしめる。

「いったいどうして、こんなことになっているんだ!?」

レインハルトの問い詰めるような言い方に、思わず叫んだ。

「知らないわ、私のほうが聞きたいわ!!」

手を強く握りしめ、首を横に振る。

「私、王妃様に渡した薬に毒草なんて入れてないわ!!」

「そうだろうな」

「えっ？」

あっさりと返答したレインハルトに目を見張る。

「母を害して得することがあるか？　そもそもお前はそんなことをする奴じゃないだろう」

はっきりと言い切ったレインハルトは、まっすぐに私を見た。

「俺はこの件の犯人は別にいると思っている」

「レインハルト……」

彼が信じてくれている。

胸の奥からジワジワとあふれてくるのは喜びだった。

急に肩をガシッとつかまれた。

「ここから出よう、俺と一緒に。父に直談判《じかだんぱん》する。お前はそんなことをする奴じゃないって、俺が証明する」

力説するレインハルトだが、明日はこの国の大きなイベント、建国祭だ。そんな忙しい時に、私のために時間をとれるのだろうか。そしてそもそも、証拠がない私は立場的に弱い。

「今は行かない」

顔をのぞき込むレインハルトから、そっと視線を逸らす。

「私が無実だと訴えても、証拠がない」

そう、今ワーワーと訴えたところで、無駄だろう。

「明日の建国祭は大事な行事でしょう？」

いつもは冷静なレインハルトなのに、今日は焦《あせ》っているみたいだ。私が今ここから出ても、いい結果にはならない。だがレインハルトが、こうやって私のことを信じてくれているということがわかった。それだけでも嬉しい。

「だから、もう行って。私のことは構わずに」

「この……わからずや!!」

レインハルトが顔をゆがめた。

「なぜ、わからないんだ」

両肩をつかまれて揺さぶられる。ガクガクと頭が揺れて、舌を噛みそうだ。

「お前のことを——こんな場所に閉じ込めて、俺が平気だと思うのか!?」

なんとか息を吸い、まっすぐに彼の目を見つめる。

「でも今は建国祭前。騒いだってどうすることもできないわ。考える時間がほしいの。あなたはいつもどおり、建国祭に出席して」

「いつもどおりでいられるわけがないだろう!!」

レインハルトはガバッと私を抱きしめる。

「もっと俺を頼ってくれよ……」

最後は消え入りそうな声だった。手を伸ばし、背中をそっとさする。

「大丈夫。私がやったんじゃない。でも今はここを出る時じゃない」

レインハルトをなだめる。そう、やみくもにここを飛び出しても策がなければ、窮地に陥《おちい》る。

「でも来てくれて――信じてくれてありがとう。嬉しかった」

目をじっと見つめると、レインハルトは真っ赤になった。

言葉に詰まったのち、悔しそうに舌打ちをする。

「また来るから。待っていろ!!」

そう言うと、荒々しい足取りで部屋を出て、勢いよく扉を閉めた。

レインハルトの苛立《いらだ》ちが空気を通して伝わってきた。だが、ひとまず彼が引いてくれて良かった。

ここで彼の手を取って部屋から出たところで、どうなるの?

私自身の潔白を証明するには、頭を使わないといけない。

策を練るのよ、レイテシア!!

レインハルトが退室してすぐ、また扉が開いた。

もしかして彼が戻ってきた?

パッと振り返り、そこにいた人物が視界に入ると、思いっきり顔をしかめた。

「――ノックぐらいしなさいよ」

険しい顔で言い放つと、相手はコロコロと嬉しそうに私をあざ笑う。

「まあ、罪人のくせに、ずいぶん強気なのね」

エミーリア。今、もっとも会いたくなかった人物の出現により、部屋の空気が張り詰める。

「私は罪人じゃないわ!!」

声を張り上げ、主張する。すべてでっちあげだ、それもエミーリアによる。

「私のことが邪魔なのでしょう？」

「そうね、邪魔なのよ、あなた」

エミーリアははっきりと口にした。

「私こそが、レインハルト様の隣に相応《ふさわ》しいと思わない？　聖女と王太子の組み合わせなんて最高じゃない」

エミーリアは自信ありげに胸を張る。

「それなのに、レインハルト様のそばでちょろちょろする目障りな存在がいるのよ」

私を鋭くにらむエミーリア。

「だから、あなたが細工して薬に毒草をまぜたのね!?」

「そうに決まっているじゃない。毒草をまぜるぐらい、簡単だったわ」

やはりエミーリアの仕業だった。

「どうしてそんなことまでしたの!?　王妃様の命だって危なかったのよ!!」

一歩間違えば口にしてしまった可能性もある。もとから体が丈夫でないお方だから……想像するだけで恐ろしい。

「大げさね」

フウッと大きく息を吐いた。

「あの王妃、あなたの話ばかりするのよ。聞きたくもないのに『息子の婚約者がレイテシアで嬉しい』なんて。あげくの果てには『レイテシアからもらったの』なんて薬草の瓶を自慢してくるものだから、頭にきちゃって。あの王妃は後々邪魔になるわ。あなたとレインハルト様の婚約解消に、絶対反対すると思った」

「そんなことで……」

「そもそも聖女の力で治療してやっているんだから、この私に感謝して当然よ。なのに素人のあなたが作った薬を嬉しそうに見せるなんて、おかしいじゃない」

くだらない、自分本位な理由。そしてその罪を私になすりつけようとするなんて。優しい王妃様を侮辱したことも許しがたいわ。

「いつかあなたに天罰が下るわ。聖女の力は神に認められた力。あなたが持つには相応《ふさわ》しくない」

そう言った私を、エミーリアは自信たっぷりにあざ笑う。

「負け犬の遠吠《とおぼ》えね。――もう行くわ。私は明日の建国祭の準備で忙しいの」

さっさと姿を消してほしい。

「私は明日、表彰されるのよ。先日の功績を称えられてね。あなたも出席できればよかったのに。残念ね」

クスッと笑い、私の反応を楽しんでいる。ここで悔しがってなるものか。私にだって意地がある。

「あなたに天罰が下ることを祈っているから」

キッと彼女をにらむ。だがエミーリアは勝ち誇った態度を見せる。

「あなたがどうあがこうが、もう勝ち目はないわ。レインハルト様との婚約が解消されるのは間違いないし。王妃の体をこの聖なる力で治癒《ちゆ》すれば、私はますます信頼される」

エミーリアの思い描くストーリーを聞いていると、吐き気がする。

「そして私がレインハルト様と婚約するのよ」

まるで夢を見るように語るエミーリア。

「あなたはこれからどんな罪に問われるのか、楽しみにしていなさいね」

クスッと笑う姿が逆行前の彼女と重なる。その時の感情が胸によみがえってくる。胸の奥が苦しくなり、言葉で言い表せない痛みを感じる。

「あら。いい顔じゃない」

悔しくて唇を噛みしめていると、エミーリアは満足そうに笑った。

「じゃあね。明日の準備で忙しいから、もう行くわ」

最後まで彼女は私をあざ笑いながら部屋から出ていった。

このまま、逆行前と同じ道を歩んでしまうのだろうか――

不安になり頭を抱える。

エミーリアに出会うことを避けようとした。だけど、出会ってしまった。その後は関わらないようにしていたが、やはり立ち向かうと決めた。

だけど、この状況は圧倒的に不利だ……

暗い気持ちになり、うつむく。

だがすぐに思い直す。

いいえ!! そんなことにはさせないわ!!

勢いよくガバッと顔を上げた。
レインハルトだって私を信じていると言ってくれた。
そうよ、ここであきらめるわけにはいかない!!
これまでずっと運命を変えようともがいてきたのだから――

第五章　反撃

翌日、大きな音で目覚めた。

ベッドで横になったままでも、窓から花火が上がっているのが見える。

ああ、建国祭の開催を告げる花火だ。

ボーッとしながらベッドから起き上がる。

窓のそばに立ち、外を眺める。今日は雲一つない快晴だ。

昨夜は考えごとをしていて、あまり眠れなかった。夕食はメイドが運んできたが、衛兵も付き添い、目を光らせていた。これでは食欲が湧くはずもなく、スープを少し口にしただけで下げてもらった。

その時、扉を叩く音が聞こえた。きっとメイドが朝食を運んできたのだろう。

「はい」

力なく返事をすると、扉が開き、ガラガラとカートを引く音がする。

「朝食です」

異様に大きなカートにギョッとする。それに女性にしては低い声。

なんだか聞き覚えがあるような……

怪しんで顔を向ける。視界に入ってきたのはメイド服を着た一人の女性だ。

彼女の顔を見て、思わず叫んだ。

「ロン!! あなた、ここでなにを……!!」

女性の服を身にまとっているが、紛《まぎ》れもないロンだ。しかもロングのウィッグまでつけている。

「あなた、女装の趣味があったの？」

思わず目をパチクリとさせてしまう。

「そうなんだ。なかなか悪くないだろう？ ……って、今はそれどころじゃないから」

ロンは大きく首を横に振る。

「話は全部聞いたよ。だから君を助けに来た。まずはここから出よう!!」

「えっ、ええーっ!?」

一見、格好いい台詞《せりふ》に聞こえるけど、女装したロンから聞くのはおかしすぎだ。

「ロン、台詞《せりふ》と格好が合っていないわよ」

私はつい脱力してしまった。

「それよりも、レイテシアはどうしたいの？」

「えっ……」

ロンに真正面から問われ、言葉に詰まる。

「ここにいて、罪に問われるのを待っているの？ それともエミーリアに一泡ふかせたい？」

「そりゃあ、もちろん後者よ!!」

拳を握りしめ、声を荒らげてしまう。

「じゃあ、なおさらここから出よう。そして乗り込もう、建国祭に」

「えっ⁉　捕まってしまうわよ」

「大丈夫。今までの発明品、全部カートにのせてきたから‼　使えるものは使おう。邪魔する奴は駆逐《くちく》してやる‼」

いつになく物騒なことを言い出すロンに慌てる。

「大丈夫、了解は得ている。僕がここでなにをしても罪には問われない」

「えっ？　今なんて……」

ボソッとつぶやいたロンに聞き返そうとした。

「それよりも、エミーリアの野望を阻止しに行かなくていいの？」

急にロンが大きな声を出し、私の両肩をガシッとつかんだ。

「行きたいけど、証拠が……」

言葉を濁《にご》す私の胸元を、ロンが指さした。

「それ、ずっとつけていた？」

てんとう虫のブローチのことを言っているのだろう。

「ええ、もちろん」

「じゃあ、ちょっと貸して」

ブローチをロンがひったくるように奪った。そして手にしたそれをいじる。すると驚くべきことが起こった。

「これは――！」

「ねっ、すごいでしょ」

得意げに微笑むロンと顔を見合わせた。


それから私はロンが配膳カートに隠して持ってきてくれたドレスに着替える。大事なロンの発明品のブローチも忘れずに身につけた。

「ドレスまで準備しているなんて、いったいどこから持ってきたの？」

「今はそんなことより早く‼」

いろいろと気になるが、確かに今はここから抜け出すことが重要だ。そこでハッと思い出す。

「扉の外に衛兵がいたはず。ロンも見たでしょう？　これじゃあ、部屋から出られないわ」

「大丈夫。眠らせたから」

「えっ？」

ロンの発言に耳を疑う。ロンはポケットからなにかを取り出した。

「これは睡眠の粉。これをふりかけると眠ってしまうんだ」

恐る恐る扉を開け、そっとのぞくと壁に寄りかかり、意識を失っている二人の衛兵の姿があった。

「本当だわ‼」

「へへっ。僕の発明品さ」

ロンは発明品が役立ったことが嬉しそうだ。そうだ、私はロンが偉大な発明家になることを見越して投資していたのだ。前と同じ運命をたどるかもしれないと、悲観的になっていた昨日の自分に言ってやりたい。私にはロンという心強い仲間がいる。そしてハロルドだって今世では私の味方になってくれるはず。お父様だっている。ローレンス家の二人は私のことが大好きだから。

そうだ、あきらめるには、まだ早い。やれるだけやってエミーリアに対抗してやる‼

再び決意すると、拳をギュッと握る。

「行きましょう‼」

ロンにサッと手を差し出す。

「ああ、行こう」

ロンは私の手を握りしめた。

「うっ……うう〜ん」

その時、壁に寄りかかっていた衛兵の一人がうめき声を上げた。

驚いて私の肩が揺れる。ロンがなにかを思い出したかのように、手をポンと叩いた。

「そうだ、言い忘れていたけど、睡眠の粉の効果は十分間だけなんだ」

あっけらかんと言い放つロン。

「うっ、うう」

うめき声を上げる衛兵とロンを交互に見つめたあと、息をスッと吸い込む。

「は、早く言いなさいよ〜‼」

叫ぶやいなや、ロンの手をガシッとつかみ、一目散にその場を走り去った。

無事に離れを抜け出し、なんとか建国祭でにぎわう王宮に入り込むことができた。

私がレインハルトの婚約者となってから初めての建国祭。

本来なら、レインハルトの席の隣に座るはずだった。今そこは空席となっている。あの席をエミーリアが狙っている。だが、そうやすやすと譲るものですか。

ここですべての決着をつけてやる。


着飾った人々で広間は埋め尽くされ、お酒や香水の香りでごった返している。

相変わらずこの雰囲気は得意ではない。

盛り上がりがピークに達した時、国王が王座より立ち上がり、スッと前に出た。

「皆の者、聞いてくれ」

凛《りん》とした国王の声が響き渡る。周囲は話すのをやめ、耳を傾ける。

「いよいよ始まるかな」

「シッ」

私とロンは無事に広間に潜入した。内心、ばれやしないかと冷や汗ものだったが、堂々としていれば怪しまれないと開き直った。なにより隣にロンがいてくれるのが心強い。

——彼はメイドの姿だけど。

パレードの一件により、国王から表彰されることになったエミーリア。

だけど、あなたの望みどおりになんて、させやしない。

「エミーリアよ。壇上へ」

レースがふんだんに使用された白いドレスの裾を持ち上げ、ゆっくりと歩くエミーリア。

その姿は凛《りん》として美しく、周囲の人々を魅了した。

まっすぐに顔を上げ、姿勢良く壇上に向かう様《さま》は、聖女そのものに見える。

「皆も知っていると思うが、我が国の聖女、エミーリア・パジェットだ」

ドレスの裾を持ち上げ、深々と頭を下げるエミーリアの姿に、皆が釘付けになる。

「エミーリアは、先日のパレードで魔獣が暴れた際、多くの怪我人を救った。そのおこないは、まさに聖女として相応《ふさわ》しい。感謝の意を込め、ここに聖女を表彰することとする」

皆が拍手で称える。

側近が用意していた赤い台座の上には、銀のティアラが輝いている。

国王がティアラを手にし、エミーリアはそっと頭を垂れる。

エミーリアに銀のティアラが掲げられた時、大きく息を吸い込んだ。

「お待ちください!!」

自分が思っていたよりも大きな声が出た。

皆がいっせいにこちらを向く。鋭い視線を一身に受けるが、勇気を振り絞る。

「恐れ入りますが、その者は聖女に相応《ふさわ》しいと思えません」

声を張り上げると、ツカツカと歩き、勢いよく前に出る。

心臓は激しく脈打っている。緊張を隠すために手をギュッと握りしめた。

皆がギョッとした顔で、私を見ている。そりゃ、そうだ。こんな場で聖女の糾弾《きゅうだん》を始めるなど、正気とは思えない。

エミーリアは一瞬、鋭く私をにらんだ。だが、すぐさまそれを巧妙に取り繕《つくろ》う。

今は両手を口に当て、驚いたような表情を見せている。

さあ、あなたのお望みどおり、建国祭に来てあげたわ。次はその表情を崩してやろうじゃない。

「パレードで魔獣が人々を襲い、聖女が聖なる力で助けました。でもそれが、聖女自身が仕組んだことだとしたら？」

ざわつく周囲に構わずに続ける。私は手にしていたアンクレットを掲げた。

「パレードに現れた魔獣は、このアンクレットをつけていました」

周囲は静まり返り、私の話に耳を傾けている。

「これは魔獣の自我を抑え、混乱させる、呪われたアンクレットです」

その間も私はエミーリアから視線を逸らさない。

「そもそもなぜ、魔獣が街にいたのか？　簡単です。魔獣は連れてこられたのです」

私の発言に周囲がざわつき始めた。だが構わずに続ける。

「キトロスの街の裏通りには、金さえ積めばどんな仕事でも請け負う集団がいます。最近、魔獣を一匹捕獲して大金を手に入れたと、一人の男が酒場で話していました」

これはロンから聞いた情報。ロンは裏通りにもよく顔を出しているので、かなりの情報通だ。

ここまで調べてくれてありがとう!! あとで特別手当を出すわ!!

「でもまさかパレードに侵入させ、人々を襲わせるとは思わなかった。男は家族にだけ、後悔していると心情を吐き出していました」

そこでスッと息を吸い込む。

「——その数日後、川に男の溺死体が上がりました」

周囲は息を呑む。

「そうです、真実を知る者を消し去ったのです」

「黙りなさいよ!! そんなこと、祝いの席で話すことじゃないわ!!」

シーンと静まり返った空間に、エミーリアのヒステリックな声が響く。が、すぐに我に返ったのか、エミーリアは国王へ、すがるような視線を向けた。

事の成り行きを見守っていた国王は少しの沈黙のあと、サッと片手を上げる。

「——よい、続けよ」

ああ、良かった、これで発言は続けられる……!!

私はスッと手を差し出した。

「ここに魔力を検知する魔法の杖があります」

ここで私は賭けに出る。

先日、ロンからお披露目《ひろめ》された発明品の微笑みの杖だ。杖を握る手に、力が入る。

「この杖を当てると魔力の色が判明します。聖女の魔力は聖なる銀色です。このアンクレットに混乱という呪いをかけたのは、誰なのか。これではっきりするでしょう」

アンクレットに向けて杖を振る。すると、杖の先からモクモクと銀色の煙が出る。

周囲がどよめいた。

「ここに示す色は紛《まぎ》れもない銀。すなわち、魔獣のアンクレットに呪いをかけたのは……」

そこでエミーリアに向かい、ビシッと指を突きつけた。

「あなたよ、エミーリア!!」

エミーリアは唇を噛みしめ、真っ赤な顔で肩を震わせている。皆の前で糾弾《きゅうだん》され屈辱なのだろう。

次に私は、胸のブローチをプチッと外す。一度手でギュッと握り、目を閉じた。

お願い、これがうまくいきますように。

祈りを込めたあと、ブローチを空に向かって投げた。

てんとう虫のブローチが空を飛ぶ。やがてカーテンの一ヶ所で、ピタッと止まった。

突如、そのブローチから声が流れ、広間に響き渡る。

『聖女のパレードの時だって、庶民を救えとか言って。冗談じゃないわ』

『私はね、崇高な存在なの。庶民の命など虫ケラ同然よ。踏みつけることにためらいなどないわ』

『毒草をまぜるぐらい、簡単だったわ』

ブローチから流れてくるのは女性の声——そうエミーリアだ。

「この声は聖女様の……」

「間違いない、聖女様の声だ」

「どうしてあの小さいブローチから聞こえてくるんだ」

周囲がざわめき始めた。

「このブローチはスイッチを押すと最初に聞き取った声を認識し、その相手の声だけに反応して録音する発明品です!! これが聖女エミーリアと私の、これまでの会話です!!」

先日の廊下でスイッチを押し、そこからすべてエミーリアの声だけを聞き取り、録音していたのだ。なんて素晴らしいロンの発明品。授業をまったく聞いていないロンが、テスト前に一夜漬けをするべく、教師の声を記録したくて発明したそうだ。今まで百個ガラクタを作っていたとしても、この一つですべて帳消しだ。何年もお小遣いから出資していた分が、今報われた。

「彼女は人々から賞賛される舞台に立ち、注目を浴びたいがために事件を起こした。自身の聖女としての名を高めるために!!」

エミーリアの顔は見たことがないぐらい、ゆがんでいた。

私のことを呪わんばかりの形相でにらみ、ワナワナと唇を震わせている。

「黙りなさいよ!! あんなの嘘っぱちよ!! 私の声を真似《まね》して作った偽物に決まっているわ」

本性を現したエミーリアは、髪を振り乱して叫ぶ。

「それに、あれは異国の職人に作らせた、混乱の魔力が込められたアンクレットですもの!! 私の魔力に反応するわけないじゃない!!」

かかった!!

「作らせた、とはどういう意味？」

エミーリアは弾かれたように顔をこちらに向けた。

ついに白状したな、ここからポロポロと嘘が暴かれるだろう。

「あなたがアンクレットを作らせた、ということね」

「ち、違うわ!!　そんなことなど、していない!!」

エミーリアは目を見開き、声をうわずらせながら、必死の形相で訴える。

魔力を検知する杖なんて真っ赤な嘘。あれはロンの発明品でオモチャだ。振ると銀色の煙が出ることから利用させてもらった。

エミーリアが引っかかるか、イチかバチかだった。だが、こうでもしなければエミーリアを舞台から引きずり降ろせない。私は人生最大の賭けに出たのだ。

「おそれながら国王陛下、レイテシア様は私を陥《おとしい》れようとしているのです!!　レインハルト様を私に取られると思って罠《わな》にはめようとしているのです」

エミーリアは両手を組んで膝をつき、国王に訴えかける。一方、国王は静かに私の顔を見つめた。

私もまた国王に告げる。

「私は公正な判断を望みます。私に非があるのなら、どんな罰でも受けます。国外追放でも構いません」

生きていられるのなら、この国でなくてもいい。命が脅かされることのない場所が、きっとあるはずだ。薬草士の資格を取り、ひっそりと生きていこう。

「父上」

その時、声を上げたのはレインハルトだった。彼は立ち上がり、私に近づいてくる。

「俺はレイテシアを信じます。彼女が母を害して得することなど一つもない」

レインハルトは私の前に立った。

信じてくれている……

逆行前に私を冷たく切り捨てたレインハルトが。

ああ、今回のあなたは信じてくれるのね。

胸に熱い思いが湧き上がる。涙がこぼれそうになった。

「国王陛下、信じてください、私は無実です」

罪を認めず、必死になって国王にすがるエミーリア。その姿に怒りが湧く。

あなたのせいで、どれだけの人が傷ついたと思うの？　許せないわ。

「あなたは人々から賞賛されたいがために、自分で舞台を用意したのよ!!　注目を浴びるために、事件を起こしたの!!」

そうよ、すべて自分のため。そして私を蹴落とすために仕組んだこと。私だけじゃなく無関係な人々まで、自分の名声のために利用したことは到底許されることではない。

「聖女、いや、エミーリアよ。詳しい話を聞かせてほしい」

国王の威厳ある声が響く。見ると、国王は厳しい視線をエミーリアに向けていた。

そしてそばに立つ衛兵に目をやる。衛兵たちは小さくうなずくとエミーリアの脇に立つ。

「嫌、嫌よ……!!」

拘束されそうになったエミーリアは首を激しく振ると、必死の形相で抵抗する。

その時、スッと前に出たのはレインハルトだった。

「レインハルト様……!!」

エミーリアの瞳が一瞬輝いた。期待に満ちた眼差しでレインハルトを見つめ、訴える。

「これは、すべて誤解です!! レイテシア様が私を妬《ねた》んで引きずり下ろそうとしているのです」

「エミーリア……」

レインハルトは目を伏せ、小さく首を横に振る。

「正しい裁きを受けるんだ」

告げられた言葉にエミーリアは呆然とし、床に崩れ落ちる。

まさかここで切り捨てられるとは思っていなかったのだろう。

エミーリアは鋭い憎悪の眼差しをキッと向けた。その相手はもちろん、私だ。

強く噛みしめられたその唇には血がにじんでいる。エミーリアは血走った目で叫んだ。

「お前……!!」

腹の底から絞り出すような、くぐもった声。憎しみが込められた視線に、私は身構えた。

その時、私を庇《かば》うように前に立ったのは、レインハルトだった。

「俺の婚約者を侮辱するのはやめてもらおう」

その台詞《せりふ》を聞いたエミーリアは、目を大きく見開いた。そしてフラッと立ち上がり、宙に手を伸ばす。

「お前さえいなければ、私の未来は約束されていたはずなのに……!!」

エミーリアは手の中で、魔力の塊を作り出す。それはバチバチと音を立て、瞬《またた》く間に驚くほどの大きさとなる。

冷や汗が流れ、ゴクリと喉が鳴った。

聖女と崇《あが》められたエミーリアが作り出したとは思えないほどの、禍々《まがまが》しい魔力から目が離せない。

だが、こうしてはいられない。

「皆さん、避難して!!」

私のかけ声とともに我に返った人々は、散り散りに逃げ出した。広間に悲鳴が響き渡る。

エミーリアの目は血走り、完全に理性を失っている。

「お前さえ、いなければ完璧だった。私の邪魔をする者は消え去るがいい!!」

エミーリアは叫ぶと同時に手を大きく振りかぶる。魔力の塊を私目がけて、投げつけようとしているのだ。

「レイテシア!!」

レインハルトが両手を広げ、私を庇《かば》う。

ダメ、あなたはこの国の王太子という大事な存在。それにエミーリアの罪を暴き、ここまで暴走させたのは私の責任だ。

渾身《こんしん》の力でレインハルトを突き飛ばすのと、エミーリアが魔力の塊を投げつけるのは同時だった。

あっ……!!

魔力を受け止めた全身が押し潰されそうになる。胸が圧迫され苦しい。息ができない。

このまま、終わってしまうの……!?

そんな思いが脳裏をかすめた時、周囲をまばゆい光が包んだ。

胸が火傷《やけど》したかと思うほど、熱い。そしてそこから金色の光が輝くと、やがてその光は私の全身を包み込んだ。

次の瞬間、光が魔力の塊を跳ね返す。

エミーリアがひるむのが見えた。彼女が防御の体勢を取る間もなく、魔力の塊はエミーリアに直撃すると弾け飛んだ。

すさまじい衝撃音と突風により、倒れそうになる。

その時、全身がギュッと包まれた。驚いて顔を上げると、レインハルトが私をきつく抱きしめている。

「大丈夫か?」

「えっ、ええ」

返事をすると、彼は安堵《あんど》したようだ。私はまだ熱を持つ胸元を確認する。

これはレインハルトからもらった魔力返しのペンダント……!!

このおかげで、エミーリアからぶつけられた憎悪の魔力を跳ね返すことができたのだ。

周囲を見回すと、さきほどまで綺麗《きれい》だった広間も今は無残にガラスが割れ、料理や飲み物もグシャグシャだ。

「きゃあああ!!」

突如、悲鳴がこだまする。

弾き返された魔力をその身に受けたエミーリアが頭を抱え、もだえ苦しみ始めた。

「あああ、いやあああ」

エミーリアの全身からくすぶるような煙が出ている。あれはいったいなに？

いぶかしんで見ていると、異変に気づく。

エミーリアの流れるような金の髪はくすんだ灰色に変わり、張りと艶《つや》のあった肌には皺《しわ》とシミが現れた。実年齢より倍以上、年をとったように見えた。いや、もはや老婆だ。

「なんてこと……」

その時、前に授業で教師が言っていたことを思い出す。

『聖なる力は邪心をもって使えば、悪しき力と変化します』

まさにそれだ。聖女の持つ力が悪しき力に変わり、エミーリア自身に跳ね返った。

エミーリアはブルブルと震えながら、自身の手を見つめた。

「あっ、あああ、嫌、嫌よ、嫌!!」

異変を察したのだろう、自身の顔を両手でさする。

「こ、こんなことがあってたまるものですか!! 私の、私の美しさを返して!!」

エミーリアは泣き叫び、その場に崩れ落ちた。

国王が目で合図を送ると、衛兵は静かにうなずく。

頭をかきむしるエミーリアを、衛兵が二人がかりでガッシリと押さえ込む。

エミーリアは泣き叫びながら、連行されていった。

エミーリアの後ろ姿が見えなくなった途端、気が抜けた。

これで終わった……

逆行前と同じ運命を辿ることを、回避したんだ。

ずるずると床にへたり込む。

ぐちゃぐちゃになった広間をぼんやり見ていると、影が差す。

レインハルトが隣に立っていた。

「あ……」

彼は苦々しい表情を浮かべている。

「お前はなに無茶をしているんだ!!」

いきなり怒鳴られ、びっくりして目を丸くした。

「危なかっただろう、ペンダントの力がなかったら、お前は吹き飛んでいたぞ!!」

「怒鳴らなくても聞こえているわ」

両手で耳を押さえ、抗議の声を上げながら、立ち上がった。さらに声を張り上げようとしたレインハルトが、ふいに唇を噛みしめる。そして両手をこちらにスッと伸ばしてきた。

私はとっさに身を強張《こわば》らせてしまう。

「無事でよかった……!!」

そのままギュッと抱きしめられた。安堵《あんど》したように耳元でささやかれる。

「怪我はしていないか？」

恥ずかしくて身をよじろうとしても、力強い手が離してくれない。

その時、レインハルトの右手が切れ、血がにじんでいたことに気づく。

「やだ、血が出ているじゃない!!」

「ああ、これか」

きっと先ほどの爆発で飛んできたガラスで切ったのだろう。なんでもないといった様子でレインハルトは右手を隠すように背中に回す。だが、私はギュッとつかんだ。逃すものですか。

なにかあった時のために、いつも所持しているお手製の塗り薬を取り出す。

それをレインハルトの手に塗り込んだ。

「これで、すぐに良くなると思うわ」

レインハルトは目を見張り、処置したばかりの手をまじまじと見つめる。そしてゆっくりとその手を動かし始めた。

「だめよ、大人しくしていなきゃ!!」

慌てて止めるが、レインハルトは不思議そうに口を開いた。

「本当だ。痛みがなくなった」

驚いたのだろう、自身の手をじっと見つめる。そしてまっすぐに私を見つめた。

「ありがとう。レイテシアのおかげで助かった」

素直に感謝の言葉を口にするレインハルトに、胸の奥が熱くなる。

でも知っている？　このロークの葉で作った薬はね、逆行前にあなたに毒をまぜたと誤解されたものなの。あの時も自分なりにあなたの力になりたくて、この薬を渡した。けど毒草を入れたと誤解され、糾弾《きゅうだん》された。

――涙がポロポロと流れた。

ああ、レインハルトにお礼を言われ、逆行前の私が浄化される。

私はただこうやってレインハルトを助けたかっただけなのだ。逆行前も、今も。

あなたを害する気持ちなんて、少しもなくて。

だけどあなたは誤解して、私を責めた。

真正面から礼を言われ、胸の奥でくすぶっていた感情が消えていく。

同時にあふれる思い――

やはり、私はレインハルトが好きなのだ。

断罪されるのを避けようと、あなたを拒否していた。むしろ聖女と仲良くやって、私と関わらないでちょうだいなんて言っていたが、そんなのただの強がりだ。

本当はレインハルトのそばにいたかった。

偽っていた気持ちを認めると、ますます涙があふれてくる。

「どうしたんだ？」

レインハルトは急に泣き出した私にさぞ、驚いているだろう。

これは浄化の涙、逆行前のレイテシアのわだかまりが消えていく――

「泣くなよ」

そっとレインハルトが手を伸ばし、優しく私の頬に触れた。

ビクリと私の体が震える。

「お前に泣かれると、どうしたらいいか、わからなくなる」

眉間に皺《しわ》を寄せ、気遣わしげに見つめてくる彼に言葉を返せない。

彼は指先で静かに、私の涙を拭《ぬぐ》った。

「レイテシア」

肩を抱かれ、グッと抱き寄せられた。

耳元で聞こえる優しい声、力強く私を抱きしめる腕、厚い胸板。

そっとレインハルトの背に手を伸ばすと、彼がビクリと震えたのがわかった。私はそのまま彼をギュッと抱きしめる。

「私のことを離さないで……」

そう口にするのが精いっぱいだった。

「レイテシア……」

レインハルトはさらにきつく私を抱きしめた。

「失礼!!」

その時、いきなり第三者の声が聞こえたと思ったら、ガシッと肩を強くつかまれた。

そのまま力ずくでレインハルトから引き離される。

「なにをしているのですか」

そこにいたのは兄だ。ハロルドだよ。

私とレインハルトの間に割って入り、これ以上近づけまいとしている。

「レインハルト様、離れてくださいませんか？　妹が困っている」

「いや、どう見ても困ってはいないだろう」

レインハルトはいきなり現れたハロルドに嫌そうな顔をしている。

「いいえ、兄である自分にはわかります。レインハルト様、場所を考えてください」

厳しい口調で言い募るハロルドを前にして、レインハルトはどこ吹く風だ。

「場所を考えてと言われても、ここには俺たちしかいないのに？」

改めて周囲を見回すと、建国祭の招待客たちは、全員逃げ出していた。

国王もさきほど、衛兵を連れて退室している。ガランとした広間は荒れて、ひどい有様だ。

ハロルドは咳ばらいを一つすると、私と向き合った。

「レイテシア!!」

大きな声で名を呼ばれ、ビクッとしてしまう。ハロルドの目は釣り上がり、険しい顔をしている。

あっ、これ、こんな騒ぎを起こしてローレンス家の顔に泥を塗ったとか怒られるのかもしれない。

覚悟して首をすくめた。だが次の瞬間、ハロルドの表情がぐしゃりとゆがんだ。

「お前は心配かけやがって……」

えっ……？

ハロルドの顔をまじまじと見つめると、目の端にちょっぴり涙がにじんでいた。唇を噛みしめ、必死に泣くのをこらえている様子だ。

「無事で良かった」

急に引き寄せられ、グッと抱きしめられた。

「父上は冤罪《えんざい》であることを証明するため、証拠集めに奔走《ほんそう》していた。俺は式典のあと国王に直談判《じかだんぱん》しようと思っていた」

逆行前、私が断罪された時は、苦々しい顔つきで私を見ていたハロルド。でもあの時も、本当は心配してくれていたのかな？　私が心を閉ざしていたせいで、見えていなかったものがたくさんあるのかもしれない。

「お兄様、ありがとうございます」

ハロルドの腕の中で微笑む。だが次の瞬間、腕を取られ、グイッと引きはがされた。

顔を上げると、今度はレインハルトが神妙な顔つきをしている。

「いくら心配だったといっても、兄妹で近すぎだろう。レイテシアが困っている」

ハロルドはあっけに取られていたが、すぐに頬をひきつらせた。

「どう見たって困っていないでしょう。兄妹の再会を邪魔するのはやめてもらえませんか？」

「婚約者との時間なんだ。そっちこそ少しは遠慮してくれ」

いがみ合う二人を前にし、私はオタオタする。

「レインハルト様～!!」

その時、誰かがレインハルトを呼ぶ声が聞こえる。良かった、これで二人の気が逸れたわ。

ホッとして顔を向けると、デミアンが涙と鼻水で顔をぐしゃぐしゃにしていた。

「ご無事で良かったです!!」

「デミアン、お前も無事だったか」

「はい、レインハルト様のおそばを離れるわけにはいかないと、陰から見守っておりました」

護衛のくせに陰からって、それダメなやつ。

そう思ったが、あえて口には出さなかった。

「しかし、今日のレインハルト様はすごくかっこよかったです!!　長年お仕えしていますが、今日は痺《しび》れました」

「そ、そうか」

あまりにもデミアンが熱く語るものだから、レインハルトはちょっと引いている。

「デミアン、これから忙しくなるぞ」

レインハルトは広間をグルッと見渡した。ガラスが床に散らばり、ひどい有様だ。

「お任せください、このデミアン!!　いますぐ広間の清掃を手配します!!」

そう言うと走ってどこかへ消えていった。

せわしない彼の後ろ姿を見て、皆で声を出して笑った。

＊＊＊

波乱万丈だった建国祭の翌日、王宮に呼ばれた。

国王から直々に話があるというが、建国祭をダメにした一件でお叱りを受けるのかもしれない。

いや、お叱りとか可愛いもので、すめばいいけど……

私だけじゃなく、父と兄も一緒に登城する。

「そんな暗い顔をするなよ」

ハロルドがなぐさめてくれるが、心は浮かない。力なく笑う私に、父が口を開く。

「心配するな。なにがあってもお前を守ってやる」

「お父様……」

「お前が責められることがあれば、私が盾になろう。家長である私の責任だ」

力強い言葉に感動して涙がにじむ。

「なに、国王といえど、ローレンス家を罰することは容易《たやす》くない」

確かに由緒ある我が家を敵に回しては、あとあと面倒なはず。

「だから胸を張っていろ。うつむく理由など、どこにもない」

勇気づけられた私は深くうなずく。

「だが、万が一、レイテシアが糾弾《きゅうだん》されたら――燃やすか」

えっ、なにを？

「ローレンス家の可愛い娘を傷つけようものなら――」

「あっ、お父様、お気持ちだけで結構です!!」

手のひらをビシッと突きつける。

おいおい、父よ。いったいなにを燃やす気だったの？　逆行前の私のメンヘラ具合がうつったのか？

「私は無事でしたから、大丈夫です」

確かに危ない場面もあった。だが結果的に聖女と崇《あが》められたエミーリアはその力を失った。私に悪意をぶつけようとして失敗し、自分に跳ね返った結果だ。

私の身が守られたのは、この首元に輝くペンダントのおかげ。

レインハルトからもらったペンダントをギュッと握りしめた。

やがて王城に到着する。出迎えたのは初老の執事長だった。

「こちらへどうぞ」

客間に案内され、中に入ろうとすると引き止められた。

「レイテシア様は別室でお待ちください」

執事長が柔らかく微笑む。どうやら話があるのは父とハロルドにだけらしい。

私一人、別室に案内されることになった。

執事長に案内されて回廊を進んでいると、緑の庭園が見えてきた。

手入れされた庭からは花の甘い香りが漂う。

「レイテシア」

ふと、どこからか呼ばれた。顔を上げると柱に寄りかかって腕を組むレインハルトがいた。目が合うと、彼はゆっくりと近づいてくる。

「今日、登城するって聞いていたんだ」

私の前に立ち、彼は優しく微笑む。

「ちょっと話をしないか？」

「えっ……、でも……」

どこかへ案内されている途中だったはず。

執事長に視線を投げると、彼はにっこりと微笑み、深々と丁寧なお辞儀をして立ち去った。

「レイテシアが来たら、ここに案内してくれるよう頼んでいた」

レインハルトがそっと私の手に触れる。

「少し散歩しよう」

ギュッと握られた手に心臓が跳ねた。

「ここの薔薇《ばら》のアーチは見事なんだ。行こう」

手をグイグイと引っ張られる。その強引さに嫌な気はしなかった。むしろ、嬉しいかもしれない。

自分の気持ちを自覚したあとなので、顔が火照《ほて》る。

胸を高鳴らせながら、レインハルトとともに歩いた。

「すごい、綺麗《きれい》」

薔薇《ばら》のアーチは圧巻だった。複数の種類の薔薇《ばら》が入り乱れ、咲き誇っている。まるで薔薇《ばら》のトンネルだ。芳醇《ほうじゅん》な香りが鼻孔《びこう》をくすぐる。幸せな気持ちになりながら深呼吸した。

ふと、レインハルトがじっと見ていることに気づいた。

「な、なに」

尋ねると、レインハルトは小さく笑った。

「ずっと、レイテシアを連れてきたかったんだ。薔薇《ばら》が好きだと聞いたから、この庭に植え始めた」

「私が？　好きだと言った？」

頭には疑問符が浮かぶ。

「初めて会った時、お前がそう言った」

「…………あっ‼」

今さらだけど、思い出した。逆行後、初めてレインハルトに出会った建国祭、ハロルドから薔薇《ばら》をもらって髪に挿した。その時、確かにそんなことを言ったかもしれない。

「お前に見せてやりたいと思っていたら、年々種類が増えていったんだ」

「よ、よくそんなことを覚えていたわね」

気恥ずかしくなり、フイッと顔を逸らす。そっと指が伸びてきて、私の頬に優しく触れる。

「覚えているさ。お前のことなら全部」

添えられた手に力が入り、自然と向き合う形になる。

真正面から彼のまっすぐな瞳に射抜かれた。

ドキドキする。心臓の高鳴りが彼に聞こえているんじゃないかしら。

「改めてもう一度告げる」

レインハルトはグッと唇を引きしめ、真剣な表情だ。

「好きだ」

聞こえてきた言葉にドクンと心臓が大きく鳴る。

「俺の気持ちは出会った頃から変わらない」

触れられた頬が熱くなる。

「本当はレイテシアが魔法学園に通うこと、わかっていたんだ」

「えっ……」

「最初に会った建国祭のあと、調べたんだ。ハロルドがそばにいたから、その身内だと思って。すぐに妹だとわかって、俺は王国アカデミーで再会して、名前がわかったと告げるつもりだった」

あの場面で運命は分かれたと思っていた。でも私たちはこうやって再会した。

レインハルトの胸の内を聞きながら、手をギュッと握りしめる。

「だが、王国アカデミーの体験入学の時、お前の姿はどこにもなかった」

私はすでに魔法学園への入学を決めていたから、行かなかったのだ。

「そしてハロルドが春から魔法学園へ転校するという噂《うわさ》を聞き、ピンときたんだ。絶対、お前もそこにいるはずだと——」

レインハルトの指が、優しく私の頬をなぞる。

「魔法学園でレイテシアの姿を見つけた時は、心が躍《おど》った」

偶然の再会だと思っていたけど、偶然ではなかったんだ。

「どうしてそこまでして……」

「会いたかったんだ」

目を見つめ、はっきりと口にするレインハルトはそっと腰を折り、私の耳元に口を近づけた。

「会いたかったんだよ、レイテシア」

再度ささやかれた言葉に、胸がドクンと音を立てる。

「だが俺は今回、建国祭前に拘束された時、守ってやれなかった。結局は俺がふがいないばかりに、レイテシアは自力で脱出し、策を練ったじゃないか」

「あれはロンがいてくれたから——」

「それだ」

レインハルトが言葉を遮《さえぎ》ると同時に、眉間に皺《しわ》を寄せた。

「結局レイテシアの力になったのは、俺じゃない。それが悔しい」

グッと唇を真一文字に結ぶ彼は、少し拗《す》ねているように見える。

ロンが助けてくれたのは、確か。でもそれは——

「でも私が拘束されている場所にロンを寄越したのは、あなたでしょう？」

あのあと、ロンから事情を聞いた。レインハルトがロンに連絡を取り、段取りを取ってくれたのだ。じゃなければ、一般人である彼は王宮まで入ってこられない。

「あいつは発明が得意だから、レイテシアを助ける道具を持っていることにかけた。あとはお前の友人だから、顔を見たら多少は心強いかと思って」

結果的にロンの発明にはすごく助けられた。

でも、すべてはあの場にロンを寄越してくれたレインハルトのおかげだ。

「そうね、ロンには感謝しているわ」

「今後、ロンには国から補助金が出ることになった」

「本当!?」

レインハルトの話によると、優秀な人物には国が補助金を出す制度があり、ロンがそれに該当するというのだ。

「ロンに伝えたらきっと喜ぶわ」

私のお小遣いよりも、ずっと大きな額だもの。彼の発明はこれから国に大いに貢献するに違いない。自分のことのように嬉しくてニコッと微笑むと、レインハルトがハッとした表情をする。

「ずっと思っていたんだが……」

一瞬、顔を曇らせたレインハルト。次に、意を決したようにグッと顔を上げた。

「ロンのことが好きなのか？」

「はっ？」

思わぬ質問に大きな声が出た。

「魔法学園時代は、いつも二人でいて、俺の入る隙がなかった。それに卒業してからも、定期的に連絡を取っていただろう」

「ロンは友達よ!!　親友!!」

ロンとはすごく気が合う。一生付き合っていきたいとは思っているけれど。

「本当か？」

真剣な表情で詰め寄ってくるレインハルトに、急に笑いが込み上げてきた。

「なんで笑うんだ」

ムッとした顔を見せるレインハルト。いつも冷静ですましているのに、なんだか子供っぽい。でも、それも可愛いと思ってしまった。

私は息を吸い込む。そして彼の顔をまっすぐに見つめた。

「私はあなたが好きよ、レインハルト」

初めて言葉にしたそれに、彼は目を見開いた。

そう、今世では関わらないと決めていたけど、やっぱり好きな気持ちは消せなかった。

だからもう自分の気持ちを素直に認めるわ。

なんだか恥ずかしくなり、戸惑ってしまう。

その時、腰にたくましい腕が回された。グッと引き寄せられ、強く抱きしめられる。

彼の厚い胸板から体温が伝わる。彼の心臓が激しく音を立てているのがわかった。だが、同じぐらい私もドキドキしている。どちらの音なのかわからないぐらいだ。

顎《あご》に手が添えられる。優しく力が入り、私は自然と上を向く。

レインハルトの瞳から情熱を感じる。

「好きだ、レイテシア、もう離さない――」

瞼《まぶた》をそっと閉じると、柔らかな口づけが降ってきた。

最初はついばむように優しく。だが、徐々に深くなってくる。彼の情熱を一身に受け止め、全身が熱くなる。呼吸が苦しくなるが、彼は私を離そうとしない。たまらず胸をドンと叩く。ようやく離れたところで息を深く吸い込む。

「大丈夫か」

余裕そうな顔でのぞき込んでくるレインハルトが憎たらしい。

「大丈夫じゃないわよ!!」

顔を真っ赤にして叫ぶと、レインハルトが目を細めて笑った。

「ゆっくり、落ち着くまで待つんだ」

私の呼吸が落ち着くまでレインハルトは背中をさすってくれた。

いったい、誰のせいだと……!!

ジロリとにらむが、レインハルトは爽《さわ》やかに微笑むのみだ。彼ばかりが余裕があるみたいですごく悔しい。

やがて呼吸が落ち着いた。

「今から母のところへ行こう」

「えっ……」

王妃様にはレインハルトに誘われて会った時以降、お会いしていない。確かにどうしているのか気になっていたけれど……

「元気な顔を見せてやってほしい」

「ええ」

レインハルトの一言で王妃様のもとへ行くことを決めた。


ちょっと、これは……

王妃様の部屋まで行く間、ずっとレインハルトに手を握られている。

誰かに見られたらどうしよう。恥ずかしいのだけれど……

視線をチラッと向けるが、彼は涼しい顔をしている。まるで気にしていないようだ。

王妃様の部屋の前まで来て、さすがに手を離すようにレインハルトに言った。

不服そうな顔をされたが、まさか王妃様の前に手を繋いで登場なんてできるわけない。

ノックをし、返事を待って入室する。

王妃様はソファにゆったりと座り、こちらを見て微笑む。

「あら、来てくれたのね。ありがとう、嬉しいわ、レイテシア」

その姿を見た瞬間、涙がブワッとにじむ。

「王妃様、お元気そうで良かったです」

毒草を飲んでしまわなくて本当に良かった。私を陥《おとしい》れるためとはいえ、エミーリアが王妃様を巻き込んだことは到底許せることではない。

「あら、どうしたの？　私は無事よ。なんともないわ」

私を安心させるためか立ち上がり、フルフルと両手を振る。

「私が薬草などを渡したばかりに……ごめんなさい」

「謝らないで。あなたが悪いわけじゃないわ。それに、私はすごく嬉しかったのだから」

涙を流して立ち尽くす私に王妃様が近寄ってくる。

「今日は顔を見せてくれてありがとう」

そして、ホロホロと涙を流す私をそっと抱きしめた。

「息子をよろしくね」

王妃様は私の両肩に手を添え、にっこりと微笑んだ。

「レイテシア」

レインハルトが白いハンカチで私の目尻を拭いてくれる。

「あらあら、我が息子ながら優しいわね」

王妃様は目尻を下げた。

未遂で終わったとはいえ、毒殺事件で大変だっただろうに、それでも私を気遣ってくれるその優しさに救われる思いだ。

そして私たちは王妃様に別れの挨拶を告げ、退室した。


さてお次は――

チラリとレインハルトに視線を向ける。

「父上のところへ行こう」

ですよねー!!

ここに来た時から覚悟はしていたが、ついに国王と対面するのか。すでに父とハロルドがいるはずだが、緊張する。いったい、なにを言われるのだろう。不安でいっぱいだ。

その時、手が取られ、ギュッと握りしめられた。

「大丈夫だ。俺がそばにいるから」

強い眼差しで見つめられ、少し落ち着いてくる。

「ええ」

私はうなずいた。王城に来たからには、国王に会わずには帰れない。

いったい、どんな話をされるのだろうか。覚悟を決め、王の間へ向かった。

王の間の扉の前には兵士が立っていた。

レインハルトに気づくと深く頭を下げ、扉に手をかける。

ゆっくりと開かれた扉の向こうには広い部屋と、赤いカーペットが見える。その先に王座があり、腰かけている人物がいた。――国王だ。

姿を目にしただけで心臓がドキドキしてくる。

そして王座のそばに控えているのは、父とハロルドだ。

レインハルトが前を歩き、後ろをついていく。

王座に近づくとレインハルトがすっと頭を下げたので、私もそれに倣《なら》う。

「ああ、よい。堅苦しい挨拶は抜きだ。顔を上げてくれ」

おや？

強面《こわもて》な国王から、意外にも人なつっこい声が聞こえたので驚いてしまう。

ゆっくり顔を上げると、国王と目が合った。

「レイテシア、君には申し訳ないことをした」

「えっ……いいえ」

まさか国王がみずから謝るなんて……。予想もしていなかった事態にドギマギする。

「聖女の言葉を信じ、なんの罪もないレイテシアを閉じ込めるとは、間違っていた」

国王は顎《あご》をひと撫でした。

「いや、元聖女、と呼んだほうが正しいか」

私はゴクリと喉を鳴らす。

「恐れながらお聞きしたく思います」

「なんだ。申してみよ」

汗ばむ手をギュッと握りしめ、前を向く。

「彼女、エミーリアはどうなったのでしょうか」

私が最後に見たのは、髪を振り乱し、老婆のようになった姿。あのあと、どうなったのだろう。

「元聖女は力を失った。己の力に酔い、私欲のために人を害そうとした結果、自分に跳ね返ったのだ。今は塔で暮らしておる」

「塔……ですか？」

心臓がドクリと音を立てる。私が逆行前に幽閉された、時忘れの塔だろうか。

「ああ、罪が決まるまで幽閉だ。悪しき力を使った代償を受け、その姿から若さは消え失せた」

そうか。最後に見たエミーリアの姿。今もあのままなのか。

かわいそうだとは思わない。彼女自身が招いた結果なのだから。

「元の姿に戻るには、改心する必要があると言われている。だが今の様子を聞く限り、そう容易《たやす》くはないだろう」

それならばここから先は、彼女自身の問題だ。本気で変わろうと思えば不可能ではない。

私がそうだったように——

「レイテシア、本日登城してもらったのは、直接謝罪をしようと思ってのことだ」

国王はまっすぐに私を見つめる。

「そなたを閉じ込めたのは誤りであった。本当に申し訳ない。王妃とレインハルトに、こっぴどく叱られた」

「いいえ、そんな恐れ多いです」

「これからもレインハルトをよろしく頼む」

国王じきじきの謝罪は逆に心臓に悪い。

「それでなのだが、二人の婚約を祝う舞踏会を開こうと思う」

はっ⁉

驚き、目をパチクリとさせた。

「大事な建国祭が残念な形で終わってしまった。ここは華やかな行事で人々の記憶を上書きしたいのだ‼」

力説する国王に拒否できる人なんて、この場にいるの⁉

「すぐに準備に取りかからせるとしよう‼」

国王は満面の笑みを浮かべた。

エピローグ

国王が宣言してから、五日後。

しっかりと舞踏会が開催された。

本当にこんな短期間で準備してしまうとは驚きだ。しかも婚約を祝う舞踏会ときたものだ。紛《まぎ》れもなく私たちが主役じゃないか。緊張しながら、父とハロルドとともに会場に向かった。

「レイテシア」

馬車を降りると、声がかかる。振り向くと、ハロルドがすごく真面目な顔をしていた。

「どうしたのですか？　そんなに難しい顔をして」

眉間に深く皺《しわ》が刻まれている。なにをそんなに考え込んでいるのだ。ハロルドらしくない。

「お前はまだ若い。嫌になったら、いつでも婚約破棄していいんだぞ」

思わず噴き出しそうになる。

真面目な顔でなにを言うかと思ったら……実際、ここに来る馬車の中でも婚約なんて早すぎるだの、急ぐ必要はないだとか、散々言ってたっけ。婚約自体はアカデミーに入る前からしているんだけどね。

「ご心配ありがとうございます。でも、お兄様、大丈夫ですわ」

はっきりとハロルドの顔を見て告げる。

そう、私はもうレインハルトを愛することを迷わない。自分の気持ちをごまかさず、正直に生きる。そう決めたのだ。

ハロルドは小さく舌打ちをすると、空を仰ぎ、肩を落とした。

「お兄様は優しいですね。大好きですわ」

私の台詞《せりふ》を聞きつけたハロルドはバッと顔をこちらに向ける。

「嘘つけ。最初は俺のことを嫌っていただろう」

指を突きつけ、ちょっと意地の悪そうな顔を見せる。

「ふふっ。お兄様が意地悪だったからですわ」

でも今の私なら、軽く流すことだってできる。

「今では私にはもったいないぐらい、自慢のお兄様ですわ」

これは本心だ。

私は皆から愛されている。

逆行前はそう感じることが、できなかった。

でも、頑《かたく》なに心を閉ざしていたせいで、気づかなかったこともあるんじゃないのかしら。部屋に閉じこもって呪いの人形を作っているヒマがあるのなら、外に出て皆と会話すれば良かったのよ。

今だからこそ、そう思える。

「お父様もお兄様も大事な家族ですわ」

恥ずかしい台詞《せりふ》だけど、胸を張って口にできる。

父はフッと静かに口の端を上げ、ハロルドは真っ赤な顔になり、そっぽを向いた。

「さあ、行きましょう」

きらびやかな世界が広がる舞踏会の会場を、三人で目指した。


「おめでとうございます、レイテシア様」

「レインハルト様とどうぞお幸せに」

貴族から次々に祝福の声をかけられる。

「ありがとうございます」

そのたびに笑顔で礼を言ってまわる。

いい加減、頬がピクピクとひきつってきた。それにしゃべりっぱなしで喉が渇いたわ。

「どうぞ」

そんな時、スッと横から差し出されたのは水の入ったグラスだった。

あら、気が利く人もいるのね。

「ありがとうございます」

お礼を言いながら受け取り、早速グラスを傾ける。なにげなくグラスを差し出した人物に視線を向けた瞬間、水を噴き出しそうになった。

「ロン!?」

「シッ!!　声が大きいよ」

ロンがメイド服を着て、グラスを運んでいる。今日はご丁寧にボブヘアのカツラまで被っている。

「あっ、あなた、どうしてここにいるの？」

「どうしてって、仕事だけど」

ロンはあっけらかんと答える。

「いや、さすが王宮の仕事は報酬がいいや。それに自分が知らない世界に足を踏み入れると、感性が刺激されるね。発明のインスピレーションが湧く。そのことを話したら、レインハルト様がこの仕事を与えてくださったんだ」

「あなたたちねぇ……」

いつ二人で会ったんだ。それに堂々とメイド服を着て紛《まぎ》れ込む、その神経の図太さ。ばれたらどうするとか、微塵《みじん》も考えないのか。

「それにこの格好、自分でもなかなか悪くないと思うんだ!!」

「そうね……。確かに可愛いわね」

どうやらロンは新しい世界の扉を開いたらしい。

その時、会場がざわめいた。皆が注目しているほうに私も視線を向ける。

国王、王妃、続いてレインハルトが登場した。レインハルトはすぐさま私を見つけると、微笑み、まっすぐにこちらへ歩いてくる。ロンがサッと私の背後に回った。

「レイテシア、本当は僕がここに紛《まぎ》れ込んだのは、君のお祝いの場に、立ち合いたかったのもあるんだ」

耳元でこそっとささやかれる。

「おめでとう、レイテシア」

「ロンったら……」

まさかそんなふうに思ってくれていただなんて、嬉しくなる。

「それとね、レイテシア」

「うん？」

「僕、これから王国アカデミーに通うことになったから。僕たちはまた一緒さ」

「えっ⁉」

ロンとまた学生生活を送れるの？　本当に？

「さあ、レインハルト様のおでましだよ」

嬉しくなって聞き返そうとしたところで、背中にドンッと衝撃がきた。

ロンめ、力いっぱい押したな、痛いじゃない‼　あとで文句を言ってやる。

前につんのめった体勢をなんとか立て直し顔を上げると、レインハルトの視線とかち合った。

「レイテシア、なにしているんだ」

「レインハルト」

それがね、ロンが力加減を知らないのよ。

非難するつもりで背後を見ると、ロンはもう給仕に回り、忙しそうにしている。

レインハルトは手を伸ばし、そっと私の頬に触れる。

「今日はいつにも増して綺麗《きれい》だ」

歯の浮くような台詞《せりふ》を真正面から言われ、頬が熱くなる。

「ドレスもすごく似合っている」

着ているドレスはレース刺繍《ししゅう》と腰回りの薔薇《ばら》のコサージュが特徴的だ。胸元の細やかなレースが流れるようにチュールスカートに続いていて豪華な仕上がりだ。

「あ、ありがとう。あなたのおかげよ」

ドレスはレインハルトからの贈り物だった。彼は優しく微笑む。

「一曲踊ろう」

私の右手をそっと取り、中央に移動する。

すると私たちに合わせて、周りもペアを作り出す。

レインハルトが片手をサッと上げると、楽師たちがダンスの音楽を奏で始めた。

「レイテシア」

優しく名前を呼ばれ、照れながらも彼の目を見つめる。

軽やかなステップが始まった。

「レイテシア」

再度名前を呼ばれる。どうして私の名前を呼ぶだけなのに、そんなに嬉しそうな顔をしているの？　愛《いと》しくてたまらないっていう感情を、視線から受けるわ。

息をスッと吸うと、私はレインハルトを見つめた。

「好きよ、レインハルト」

素直に口にするとレインハルトは目を見開く。

逆行前は私に振り向いてくれることはなかった。

でもそれは、私にも問題があったのだ。好きすぎて相手の気持ちなどお構いなしに、付け回した。

嫌われる要素は十分にあったのだ。

だけど私自身が変わることで、破滅する運命を回避できた。

そして――幸せを手に入れることができた。

レインハルトが握っている手を、私もギュッと握り返す。

「大好き、レインハルト」

想いのまま告げ、フワッと微笑む。

レインハルトは耳まで真っ赤になる。そして私と繋いでいた手をパッと離した。

「お前は――」

口元を手で押さえ、そっぽを向く。きっと照れてこちらを直視できないのだろう。

次の瞬間、レインハルトがしゃがみ込んだと思ったら、私の膝裏に手を入れグッと力を込めた。

「きゃっ!!」

レインハルトが私を持ち上げる。

「ちょ、ちょっと……!!」

焦《あせ》る私に対して、レインハルトはニヤリと笑う。

「可愛いことを言って、あまり煽《あお》るな。抑えがきかなくなるだろう？」

やたら魅力的なレインハルトの顔が近づいてくる。

一瞬、頬に柔らかな感触を受ける。まるでついばむような軽い口づけ。だが私は真っ赤になる。

こ、こんな公衆の面前でやめてくれ……!!

「これからも、ずっとそばにいてくれ、レイテシア」

皆の前で堂々と求婚され、私は真っ赤になる。

「――はい」

返事と同時に、大きなクラッカーの音がした。顔を向けるとロンが笑いながらクラッカーを手にしていた。

それを皮切りに、会場は大きな拍手に包まれた。会場にはフェリオスもいて、私と目が合うと満面の笑みを見せる。

迷うことはない。もう私はレインハルトの愛情を疑ったりはしない。

幸せになるんだ、レインハルトと――

私はこれからの幸せを思い描き、にっこりと微笑んだ。

追章　レインハルトの苦悩

これは逆行前、レイテシアの断罪後、レインハルトの知らない物語。


「レインハルト様、調査の結果が出ました」

「ずいぶん遅かったな」

部屋に入ってきた薬草士に言葉を返す。

レイテシアが俺に渡した薬に毒草をまぜた件で、薬草士に鑑定を依頼していたのだ。

「実は……」

薬草士が重い口をおずおずと開く。その報告を聞き、驚愕《きょうがく》で目を見開いた。

「なにっ⁉」

それと同時だった。扉がノックされ、側近が部屋になだれ込んできたのは。

「レインハルト様、レイテシア様が……‼」

＊＊＊

頭の中がぐちゃぐちゃだ。

椅子の背に寄りかかり、ギュッと目を閉じた。

レイテシアが亡くなった。

彼女が塔に幽閉され、半年が過ぎた。もう十分反省しただろうから、そろそろ出すつもりでいた。

仮にも昔は婚約していた関係だ。塔から出たあとは、遠い地でひっそりと残りの人生を過ごすといい、勝手にそう思っていた。

そのためにも塗り薬にまぜた毒は致死量ではないと、証明させるつもりで依頼した調査だった。

そこで判明した衝撃の事実を知り、鈍器で殴られたように頭が痛む。

——そして彼女は間に合わなかった。

＊＊＊

俺は時忘れの塔へ向かっていた。

「ここからは俺一人で行く」

護衛は塔の外で待たせた。中へは一人で来たかった。いや、来なければいけなかった。

レイテシアがどんな最期を迎えたのか、この目で確認しなければいけない。

塔の看守は老婆一人だった。老婆がレイテシアの食事を運び、身の回りの世話をした。突然現れた俺に老婆は驚いていたが、態度は努めて冷静だった。

「こちらでございます」

老婆が案内した部屋は薄暗く、狭い。

こんな場所にたった一人で――

「レイテシア様は大人しくして過ごされていました」

塔での彼女の様子を聞く。

最初こそ、泣いて暴れることもあったが、いつしか落ち着き、本を読んだり、ボーッとしたりして過ごすことが多かったと。

その時、部屋の隅をカサカサと動き回るものに気づき、目を見張る。すぐに老婆も気づいたようだ。

「ここでは大きな蜘蛛《くも》や蛇、ネズミなどが出没するのは、日常茶飯事です。レイテシア様も最初こそ絶叫しておられましたが、次第に平気になったようです。それこそネズミにはパンくずなど与えておられ――」

「もういい」

それ以上は聞いていられなかった。耳を塞ぎたい衝動に駆られる。

老婆を下がらせ、部屋の中央でポツンとたたずむ。

あんな虫などでも、彼女の話し相手になったのだろうか。

もっと早く彼女をここから出していたら――

いや、最初から幽閉などしなければよかったのだ。

自責の念に駆られ、苦しくて吐きそうだ。

レイテシアは俺を恨んでいただろう——

「ちょっと、早く案内してよ」

その時、部屋の外から聞こえた声に我に返る。

この声はエミーリア……？

彼女がなぜ、ここにいるのだろう。

疑問に思っていると、老婆に詰め寄る声が聞こえた。

「早く案内してくれない？　あの女がどんな悲惨な場所で最期を迎えたのか、この目で確認しなくちゃね‼」

この場にそぐわぬ、はしゃいだ声。人と思えぬ発言を聞き、目を見開く。

「嫌だわ、ジメジメしているし、臭いわね、この塔」

終始楽しそうに話すエミーリアの声が耳障りで、唇をグッと噛みしめた。

老婆が扉を開くと、笑顔のエミーリアが視界に飛び込んできた。視線を投げると彼女は一瞬口元をゆがめ、目を見開く。そしてすぐに涙を一筋流した。

「レインハルト様……。私もレイテシア様がお亡くなりになったと聞き、悲しくて追悼《ついとう》に来ましたの」

彼女の言葉や行動、すべてが白々しく感じる。

湧き上がる感情は怒りだった。拳をグッと握りしめ、息を深く吸い込んだ。

だが怒りで我を忘れないよう、左手で右腕を押さえた。

「なぜ――俺を騙《だま》した」

「えっ？」

エミーリアの表情が強張《こわば》る。

「レイテシアからもらった塗り薬に、毒草がまじっていると俺に言ったのは、エミーリアだったな。彼女が毒草をまぜて俺に渡したのだと」

もうこれ以上、嘘を重ねることなど許さない。まっすぐに相手を見つめる。

「先ほど、薬草士から鑑定結果が出た」

静かに伝えると、エミーリアの顔色が悪くなる。

「あれは、ロークの葉で作った薬に、あとから毒草をまぜたものだ。ロークの葉と毒草を最初からまぜた場合、薬は白くなる。だが毒草をあとからまぜると、赤くなるという結果が出た!!」

「それは……」

「レイテシアから受け取った時は、白でも赤でもなかった!!　だが、数日後には赤くなっていた。薬に毒をまぜることができるのは、俺のそばにいた人物しかいないだろう。その間、レイテシアは体調を崩して自宅にこもっていたと証明されている。つまり毒草をまぜることができたのは――」

エミーリアは唇をギュッと噛みしめた。

「エミーリア、お前だ!!」

指を差して糾弾《きゅうだん》するが、エミーリアは負けずに反論する。

「ですが、レインハルト様も困っていたはずです!!　現に手っ取り早く、彼女と離れることができたじゃないですか!!」

「黙れ!!　取り返しのつかないことをしたと、気づかないのか!?」

怒りに駆られるまま叫ぶと、エミーリアは少し困ったような顔を見せる。

「ですが、もう終わったことですわよ？　私はこの国の聖女です。レインハルト様も私を選んでくれたのでしょう？」

そう言って見せた笑顔に心底ゾッとする。

俺はこの魔女のような女を盲信し、この事態を引き起こしたのか。彼女を信じた俺が一番愚かだ。

それを自覚しているからこそ、胸が苦しい。

「いつまでも悔やんでいても仕方ないですわ。レインハルト様はこの国の王になられるお方なのですから、小さいことは忘れましょう」

人が命を失ったことを些細《ささい》なことだと言うのか――

「――黙れ」

「……えっ？」

腹の底から冷たい声が出る。

「俺は王になどならない。いや、なる資格がない」

そう、罪を犯したのだ。

「な、なにを……!!　レインハルト様が王にならなければ、他に誰がおりますの!?」

「従兄弟《いとこ》のデューイにでも譲る」

「なっ、まだ五歳ではないですか!?」

「それでも今の俺よりは、ずっといい王になるだろう」

自分の発言に自嘲気味に笑った。

「そんな!!」

エミーリアはよほど王位が気になるらしい。なにかをわめきたてているが、今大事なのはそんなことじゃない。

「それにエミーリア。今までは目を瞑《つぶ》っていたが、部屋にあふれかえるほどのドレスに装飾品。贅《ぜい》沢《たく》しすぎだ」

「私は国を代表する聖女ですから、一流のものを身につけるのは当然ですわ!!」

「なるほど……」

今まで俺に見せたことがなかったが、これこそ、彼女の本性なのだ。

「そんな理由で俺を選んだのだな」

ただの聖女の装飾品の一つとして選ばれたのだ。エミーリアは表情を強張《こわば》らせた。見抜けなかった俺は、本当に愚か者だ。

「……去れ。のちほどお前の罪が決定しよう」

「ま、ま、待ってください、レインハルト様!!」

「お前も罪を償うべきだ」

――もちろん俺も。

喉の奥から出かかった言葉をグッと呑み込んだ。

塔の外まで声が漏れていたのだろう、兵士が駆けつけてきた。

「ちょうどいい、連れていけ」

「えっ、ちょっと待って!!　話をしましょう、レインハルト様」

押さえつけられたエミーリアは最後まで騒がしくしながら、視界から消えた。

＊＊＊

暗い気持ちのまま、ベッドに横になり、ふと思い出す。

そういえば昔、目覚めたらレイテシアの顔があり、絶叫したことがあったな。

どうしてあの時、理由も尋ねず、部屋から叩き出したのか。

もっと話を聞いてやれば良かった。そして自分が嫌なことはやめてくれと、言ってみれば良かった。なにも言わずに突き放しては、彼女も困惑するばかりだっただろう。

「もうすべて遅いがな」

ポツリとつぶやいた言葉に顔をゆがめた。罪悪感で胸が締め付けられる。

この胸の痛みは、罪のないレイテシアの命を奪った代償。

あの時、皆の前で断罪され、目を見開いたレイテシア。美しい顔をゆがめ、唇は震えていた。

彼女は自分に罪はないと主張した。だが、それを聞き入れなかったのは、他でもない自分自身。

彼女に悲しい最期を迎えさせたのは、俺なのだ。

もう一度、最初からやり直せるのなら――代償はいとわない。


翌日、ロン・フランクスのもとを訪ねた。

彼は稀代《きたい》の発明家として名を馳《は》せている人物。王宮の一室に研究室を持ち、そこに日々こもり、人々の生活に役立つ発明に人生を捧げている。

「レインハルト様、こんなところにいらっしゃるとは、どうなさいました？」

「ああ、聞きたいことがある」

自分でもなぜ彼を訪ねたのか、わからない。だが、この胸の痛みから救ってくれる発明品の一つでもあるのではないかという、藁《わら》にもすがる思いからだ。

「亡くなった人に会える発明品はないか？」

「亡くなった方に……ですか」

キョトンとした顔を見せるロンは瞬《まばた》きを繰り返した。

「恐れながら、人の生命に関する発明はしておりません」

「そうか……」

せめてレイテシア本人に、一言でも謝罪がしたい。だが、この気持ちは自分の中の罪悪感を軽くしたいだけの、ただの自己満足だ。

それに彼女は俺の顔など見たくもないだろう。自分を死に追いやったのだから。

「――時を戻す発明品ならあります」

ロンの言葉にバッと顔を上げる。

「本当か……？」

ロンはゆっくりとうなずいた。

「ですが、自分で作っておいてなんですが、おすすめはできません」

「なぜだ」

乗り気でないロンに詰め寄る。

「もとは古くなった機械を新品に戻すために作った発明品。つまり、人では使用した例がないからです」

ロンはまっすぐに俺の目を見つめた。

「それに時を戻すには、大きな代償が必要となるはずです」

「たとえばどんな？」

「はっきりとは断言できませんが、記憶を失くす、最悪の場合、体がバラバラに千切れるかと――」

「はっ」

ロンの話に絶望し、肩を揺らして笑うしかなかった。

「お力になれずにすみません」

「いや……」

「ですが、せっかくなので説明だけでも聞いていってください!!」

日頃、口数が少ないロンだが、発明品のことになると饒舌《じょうぜつ》だ。

気持ちは沈んだままだったが、しばらくロンの話を聞いていた。

「気になるようでしたら、持ち帰って確認してみてください」

「いや、俺は……」

そうして半ば押し付けられる形で時戻りの発明品を手にし、部屋に戻った。


深夜、暗闇に包まれていると気持ちが落ち着いてくる。

同時に決意が生まれる。

代償を払おう――

無実の罪を背負ったまま亡くなったレイテシア。

ロンは確か言っていた、時戻りの発明品に付いている暦《こよみ》を戻りたい時にセットして、スイッチを押せと。

そうだ、どうせならレイテシアが亡くなる直前ではなく、出会いからやり直せばいいんじゃないか?

そして再び出会えたのなら、俺はレイテシアの話に耳を傾けよう。たとえ記憶を失っていたとしても、一から彼女との関係を築こう。

そして決して彼女に悲惨な最期を迎えさせることは、しない。

たくさん話をして彼女のことを知っていこう。恋心は芽生えなくとも、友人にはなれるはずだ。

暦《こよみ》が示すのは、王国アカデミーの入学を控えた、俺たちが出会う前。

これがうまくいけば、レイテシアはやり直せるはずだろう？

たとえ俺が代償を払ったとしても、彼女の命は繋がるんだ。どういった形になるにせよ、再びチャンスを得られる。

手をギュッと握りしめ、ゴクリと唾を呑む。

覚悟を決め、時戻りの発明品に手を伸ばした――

この作品に対する皆様のご意見・ご感想をお待ちしております。

おハガキ・お手紙は以下の宛先にお送りください。

【宛先】

〒150-6019 東京都渋谷区恵比寿4-20-3 恵比寿ｶﾞｰﾃﾞﾝﾌﾟﾚｲｽﾀﾜｰ 19F
（株）アルファポリス　書籍感想係

メールフォームでのご意見・ご感想は右のＱＲコードから、
あるいは以下のワードで検索をかけてください。

アルファポリス　書籍の感想　検索

ご感想はこちらから

本書は、「アルファポリス」（https://www.alphapolis.co.jp/）に掲載されていたものを、
改稿のうえ、書籍化したものです。

メンヘラ悪役令嬢《あくやくれいじょう》ルートを回避《かいひ》しようとしたら、なぜか王子《おうじ》が溺愛《できあい》してくるんですけど ～ちょっ、王子《おうじ》は聖女《せいじょ》と仲良《なかよ》くやってな！～

夏目みや（なつめ みや）

2024年 12月 31日初版発行

編集－塙 綾子
編集長－倉持真理
発行者－梶本雄介
発行所－株式会社アルファポリス
〒150-6019 東京都渋谷区恵比寿4-20-3 恵比寿ｶﾞｰﾃﾞﾝﾌﾟﾚｲｽﾀﾜｰ19F
TEL 03-6277-1601（営業） 03-6277-1602（編集）
URL https://www.alphapolis.co.jp/
発売元－株式会社星雲社（共同出版社・流通責任出版社）
〒112-0005 東京都文京区水道1-3-30
TEL 03-3868-3275
装丁・本文イラスト－盧
装丁デザイン－AFTERGLOW
（レーベルフォーマットデザイン－ansyyqdesign）
印刷－中央精版印刷株式会社

価格はカバーに表示されてあります。

落丁乱丁の場合はアルファポリスまでご連絡ください。

送料は小社負担でお取り替えします。


ISBN978-4-434-35029-0 C0093